Benny Mokross

...hier können Sie aber nicht parken!

aus dem Leben eines freischaffenden Musikers

© 2021 Benny Mokross
Erste Auflage

Autor: Benny Mokross
Umschlaggestaltung, Illustration: Camarillo-Sound-Studio

Verlag: tredition GmbH, Halenreie 40-44, 22359 Hamburg

ISBN: 978-3-347-20436-2 (Paperback)
ISBN: 978-3-347-20437-9 (Hardcover)
ISBN: 978-3-347-20438-6 (e-Book)

Bibliografische Information der Deutschen Nationalbibliothek:
Die Deutsche Nationalbibliothek verzeichnet diese Publikati-
on in der Deutschen Nationalbibliografie; detaillierte bibliografische Daten sind im Internet über http://dnb.d-nb.de
abrufbar.

Inhalt

„Musik wird oft nicht schön gefunden, weil sie stets mit Geräusch verbunden"

(Wilhelm Busch)

„Kunst ist schön, macht aber viel Arbeit"

(Karl Valentin)

Intro

Musik ist Allgemeingut. Jeder Mensch darf, so er willens und bei Stimme ist, singen oder sich an diversen Musikinstrumenten und Gerätschaften nach gut Dünken zu schaffen machen.
Aber auch das Konsumieren von Musik, sei es bei Konzerten, Events, oder mittels Medien wie Fernsehen, Radio, mp3-Player macht den Menschen oft Freude und bringt diese in einen Zustand des Entzückens, nicht selten aber auch in einen Zustand der Gleichgültigkeit, oder des Entsetzens.

In jedem Falle setzt Musik beim Menschen ein großes Spektrum an Emotionen frei, das sich in Äußerungen wie „Was ist das denn für ein Mist?" bis hin zu „Gänsehaut pur - wenn das der Mozart noch hätte hören können!" erstreckt.

Aber wo kommt denn Musik her? Wächst sie auf Bäumen? Kann man sie pflücken? Fällt sie vom Himmel? (da bekommt die Datenspeicherung in einer „Cloud" eine ganz eigene Bedeutung).

Nein.

Es gibt eine spezielle Spezies, die sich in einer Parallelwelt aufhält, und diese Parallelwelt befindet sich mitten in unserer „normalen" Welt und ist doch scheinbar Lichtjahre davon entfernt. Zu dieser speziellen Spezies gehören Gattungen wie Komponisten, Musiker, Dirigenten, Musikmanager, *Booker*, Promoter, Clubleiter, Kulturbüroleiter, aber zuallererst zu nennen ist die Gattung des ausübenden Musikers. Ohne diese Gattung sind alle weiteren nicht existenzfähig.

Ein Komponist ohne Musiker, die seine Kompositionen spielen? Verteil mal auf einem Stadtfest mit leerer Bühne Kopien von Notenblättern….

Ein Dirigent ohne Orchester? Sieht eher aus wie ein tauber Brustschwimmer bei einsamen Trockenübungen…

Der Musiker ist also so was wie das ausübende Arbeitstier der Musikbranche, seine Leistung wird als selbstverständlich betrachtet. Er schuftet und schleppt Instrumente, Licht- und Tonanlagen, probt in verschiedenen Besetzungen Musikstükke, fährt zu Proben und Konzerten Hunderte von Kilometern, verzichtet auf Wochenenden, wird oft schlecht ernährt, übernachtet in billigen Absteigen, leidet immer unter akutem Schlafmangel, gibt sein ganzes Geld bei Thomann, Musicstore oder Musik Produktiv ab und…..

…macht das alles doch gerne.

Für viele Menschen unglaublich, aber wahr: Man kann den Umgang mit Musikinstrumenten, der Stimme und dem ganzen Musikwesen sogar studieren! An einer Hochschule! Oder einer Universität! Und anschließend kann man Musik als Beruf ausüben!

„Aber das geht doch gar nicht, Musik machen macht doch Spaß, da kann man doch kein Geld dafür nehmen, was machen sie denn beruflich, wenn Sie gerade nicht spielen?" Solche oder ähnliche Statements muss sich der Berufsmusiker (natürlich auch der studierte) oft anhören. „Da haben Sie ja Ihr Hobby zum Beruf gemacht! Musik ist ja so ein schönes Instrument!" Klingt ein bisschen, als ob man den ganzen Tag mit der elektrischen Eisenbahn spielen dürfte. In solchen Situationen treffen dann die beiden besagten Welten aufeinander und stoßen oft auf gegenseitiges Unverständnis. Übrigens sei hier auch noch bedacht, dass sich die Gattung ausübender Musiker noch mal unterteilen lässt in:

1. angestellte Musiker (zum Beispiel in einem Theater- oder Sinfonieorchester) und dem

2. freischaffenden Musiker (z.B. dem Jazzmusiker, der in verschiedenen Combos spielt).

Aufgabe des Erstgenannten ist es, nach den Wünschen des Dirigenten eine vorgegebene, notierte Komposition eines Dritten auf seinem Instrument möglichst so wiederzugeben, wie es dem Orchesterchef gefällt. Dazu muss der angestellte Musiker pünktlich zum Dienst erscheinen und zu den Aufführungen schwarz-weiße Kleidung tragen. Die Dienstzeiten sind geregelt, Jahresurlaub sowie ein temperierter Arbeitsplatz sind tariflich garantiert.

Im Falle des Zweitgenannten gilt das alles nicht. Der freischaffende Musiker hat keinen festen Arbeitsplatz, er spielt in jedem Fall neben seinem Hauptinstrument noch (meist mehr oder weniger virtuos) das am weitesten verbreitete Zweitinstrument, das Telefon. Er muss sich selbst um Engagements kümmern, meistens „One-Nighter", also ein Konzert in einem

Club oder bei einem Veranstalter. Dieses Engagement garantiert dann oft nur für einen Abend Arbeit und Lohn. Er fährt auch nicht jeden Abend ins Theater um die Ecke, er muss seine Fahrten zwischen Flensburg und Freiburg selbst organisieren und finanzieren. Dazu werden die Proben eines „*Freelancers*" natürlich von niemandem bezahlt.

Weil der freischaffende Musiker keinem übergeordneten Intendanten oder Dirigenten unterstellt ist, ist er zunächst in seiner Repertoire-Auswahl frei von Vorgaben. Aus diesem Grund sind *Freelancer* (mit Ausnahme von Musikern in Coverbands und Tanzmusikern) häufig auch als Komponisten tätig, im Falle von Jazzmusikern von Haus aus sowieso. Eigentlich toll, der Komponist muss sich keine Musiker suchen, die seine Werke wiedergeben, der Musiker muss sich nicht mit der Reproduktion fremder Kompositionen begnügen. Der Haken an der Sache ist wieder mal die Vermarktung: Coverbands sind viel leichter zu vermarkten, denn der Veranstalter muss dem geneigten Publikum nicht lange erklären, was die zu erwartende Band so spielen wird. Gleiches gilt für den *Booker* (falls vorhanden), der dem Veranstalter die Band verkaufen will. Ruft ein Jazzmusiker in einem Jazzclub an „Ich hab ein ganz tolles Jazzquartett, wir spielen eigene Stücke" – schon verloren. Zum einen, weil in Jazzclubs schon lange kein Jazz mehr gespielt wird, zum anderen, weil sich eigenes Programm nicht vermarkten lässt.....Verrückte Welt. Parallelwelt.

Kein Wunder, das in diesem Spannungsfeld - zwischen der Scheinwelt des Glamour und des Starkults einerseits und der tatsächlichen musikalischen Arbeit, dem Kampf um das künstlerische Überleben, um Akzeptanz des Schaffens und der Notwendigkeit für eine 90-Stunden-Arbeitswoche geldlich entlohnt werden zu müssen/wollen andererseits - oft skurrile und absurde Situationen und Geschichten entstehen, die teilweise an einen schlechten Film erinnern, von den ausübenden Musikern aber immer wieder gerne ausgetauscht werden und dann doch noch für eine gewisse Heiterkeit nachträglich sorgen.

Von diesen Geschichten, die übrigens alle wahr sind und selbst erlebt (ehrlich!) erzählt dieses Buch. Es sind nach vielen Jahren als Berufsmusiker nicht die Geschichten „Weißt Du noch, auf der Stadiontournee vor 100.000 Leuten…." , sondern eher die kleinbürgerlichen, kleinkarierten Hinterhofanekdoten, die das Leben eines professionellen Musikers zunächst erschweren, ohne die es aber dann doch nicht geht und an die man im Nachhinein amüsiert zurückdenkt. Sollte dieses Buch beim geneigten Leser den Eindruck erwecken, Musiker seien allesamt Chaoten und es ginge immer alles schief, so sei daran erinnert, dass man, um die Miete zahlen zu können, viele, viele Konzerte mehr spielen muss, als hier erwähnt werden. Manchmal läuft ja doch alles ganz unspektakulär. In solchen Fällen erzählen sich die Musiker hinter der Bühne, was beim letzen oder vorletzten Job alles danebenging…

Übrigens habe ich auch nichts gegen angestellte Musiker, die zum Beispiel im Theaterorchester spielen, im Gegenteil, viele klassische Musiker sind in ihrer tariflichen Freizeit noch zusätzlich „in der freien Wildbahn" unterwegs, um mal frische Luft zu schnuppern und einen Tapetenwechsel zu genießen.

Im Anhang findet man außerdem auch eine Art Musiker-Slang-Wörterbuch, das helfen mag, bestimmte hier genannte Begriffe (*kursiv* gedruckt) besser einzuordnen. Ebenfalls *kursiv* gedruckt in diesem Buch sind Aussagen von Musikern und Veranstaltern, die die statistisch höchste Wiederholquote haben und als Standard-Dauerbrenner in die Liste der ewigen Top-Twenty eingegangen sind …

Erschwerte Bedingungen

Als *Freelancer* hat man's besonders schwer (jammer!). Sogar nach einem knappen Vierteljahrhundert auf der Bühne wird man oft behandelt, wie man noch nicht mal eine rotznasige Schüleranfängerband behandeln sollte. Oft sind die ersten Worte des Veranstalters nach 5 Stunden Anreise der Musiker nicht „Hallo, schön dass Sie da sind", sondern „Hier kannst Du aber nicht parken". Das motiviert und baut auf.

Ich erinnere mich an das Jahr 2008, ich bin zusammen im Duo (Gitarre/Percussion) mit Buck unterwegs, Mitte Juli, ca. 35 Grad, Klimaanlage kaputt, ein *One-Nighter* im Jazzclub Salzburg steht auf dem Plan. So bringen wir also die knappen 770 Kilometer in Rekordzeit hinter uns und werden ebenso knapp mit ebendiesen Worten von einem beleibten Mittsechziger (Clubvorstand) begrüßt. In akzentfreiem Österreichisch.

„Hier könnt ihr aber nicht parken. Sofort ausladen, dann das Auto weg. Gespielt wird von 21 bis 0:30, zwei Pausen, Getränke gibt's gegen Wertmarken, hier!" - Wir sind irgendwie so entgeistert und gleichzeitig verblüfft, als der Clubbetreiber uns als Duo zusammen für den ganzen Abend 5 Wertmarken rüber schiebt, dass wir erst gar nicht richtig reagieren können. Dann die scheinbar erlösenden Worte: „Hier habt ihr erst mal einen Kaffee" (mit Kaffee kann man nämlich fast jeden Musiker kritiklos und glücklich machen.) Ich hätte gerne unsere Gesichter gesehen, als der Club-

Commander uns nach dem Runterkippen der braunen Brühe gleich 2 Wertmarken wieder abnimmt.

Und das Nachmittags um sechs. Wir kriegen dann den Abend in dem klebrigen Salzstollen gut rum, holen uns aber, um ein Zeichen zu setzten, den ganzen Abend mit zwei grossen Gläsern Wasser aus dem Toilettenwasserhahn und prosten dem Wertmarken-Gönner von der Bühne aus zu. Zum Abschied geben wir dann die 3 übrigen Wertmarken großzügig zurück. Als es dann doch zu einer verbalen Klärung kommt, meint er: „Das ist bei uns so üblich. Das bekommt jede Band. Darüber hat sich noch nie jemand beschwert. Ohne Wertmarken haben sich sonst die 10-köpfigen Dixielandbands immer maßlos betrunken, seitdem sind sie limitiert!"

Hallo? Sind wir eine 10-köpfige Dixielandband? Dann will er auch noch eine CD haben. „Fürs Archiv - war doch ein runder Abend!" Aus der CD wird dann leider nichts, er bekommt von uns nur das leere Jewel-Case. „Das ist bei uns so üblich, früher haben sich die Veranstalter immer mit Archiv-CDs eingedeckt, die dann niemand mehr hört, seitdem ist das bei uns limitiert"

*****

Am nächsten Tag geht's weiter nach Augsburg, ein Konzert im Rahmen eines Gitarrenfestivals steht an. Im Vorfeld gab es zunächst ein Hin und Her mit dem Veranstalter wegen der Übernachtung nach dem Konzert.

„Das mit dem ursprünglich geplanten Hotel funktioniert leider nicht, zu der Zeit sind Bowlingweltmeisterschaften in Augsburg (!) und die Hotels sind leider belegt, wenn nicht sogar überbelegt".

Nächste mail:

„Wir arbeiten an der Übernachtung, wir haben noch ein italienisches Hotel gefunden, da sind allerdings auch keine regulären Zimmer mehr frei, aber wir haben die Hochzeits-Suite für euch gebucht"

Na prima, endlich also mal eine noble Unterkunft, wenn auch aus der Not heraus. Das lässt man sich mal gefallen, schließlich ist der ganze Zirkus anstrengend genug. Augsburg ist augenscheinlich fest in japanischer Hand, beziehungsweise in japanischem Fokus. Natürlich hängt jedem Teilnehmer/Besucher der Bowlingweltmeisterschaft ein Fotoapparat um den Hals. Nach dem Konzert erhalten wir die Info, unser Hotel sei gleich um die Ecke. Wir also raus auf die Straße, um die Ecke, sehen aber kein Hotel, sondern nur einen kleinen italienischen Imbiss. Wir gehen rein und werden gleich von einer italienischen Mama begrüßt:

„Hallo, seid ihr da! Zeige ich gleich Zimmer". Den Aufstieg durch den engen spackigen Flur in den vierten Stock (Dachgeschoss) habe ich noch sehr präsent vor Augen: Alles riecht nach Frittenfett und Knoblauch, Licht gibt's leider keins im Flur, und von einer Hochzeits-Suite ist nichts weiter bekannt. Wir werden in zwei Abstellkammern untergebracht, jeweils ein Drahtbett zwischen 1.759 gefalzten Pizzakartons, bei meinem ersten Sitzversuch auf dem Drahtbett bricht dieses komplett auseinander, Lampen gibt's in Form von kitschigen Nachttischleuchten. Leider ist das komplette Fehlen von Strom oder Steckdosen zu beklagen, was aber die Orientierung in der Kammer nicht weiter beeinträchtigt, weil sie insgesamt wohl nur gefühlte zwei Quadratmeter groß ist. Dafür gibt's jede Menge frische Luft, das alte Holzfenster lässt sich nämlich nicht schließen. Jetzt noch schnell einen Absacker und dann bubu. Wenigstens habe ich das Glück, das „Zimmer" nach hinten zum Hof/Parkplatz zu bewohnen, wahrscheinlich ruhiger als nach vorne zur Straße raus. Um 2 dann also endlich Licht aus, ach nee, gibt ja keins, das ist die Hoflaterne (die war vorhin aber noch nicht an...), die mit 1000 Watt meine Behausung mit gleißendem Licht flutet. Kaum eingeschlafen, stelle ich fest, dass zwei Reisebusse im Hof wahrscheinlich früh losmüssen und die Fahrer es für sinnvoll halten, die Motoren schon mal drei Stunden vor Abfahrt warmlaufen zu lassen. Nach einer weiteren Stunde muss ich, schon halb rauchvergiftet, lernen, dass der sportinteressierte Japaner gerne mal etwas früher aufsteht, damit er den Bus nach Tokio nicht verpasst. Dabei steht der gesellige Asiate mit Vorliebe in Gruppen schon mal mitten in der Nacht am Reisebus und tauscht sich mit energischem Tonfall auf Japanisch über die neusten Entwicklungen auf dem Sektor der Unterhaltungsindustrie und der Teleobjektive aus. Irgendwann werde ich bewusstlos und träume von zehn

Bowlingkugeln in meiner Dachkammer, die wie von Geisterhand aus dem Fenster in den Hof fliegen.….

*****

Musik funktioniert mit Strom. Jedenfalls in vielen Fällen,
wenn das klangliche Geschehen verstärkt werden muss, um
gehört zu werden. Der Strom kommt in der Regel aus einer
Steckdose, manchmal muss man sich aber auch behelfen. Ich
bin mit Django und Wim (das „Dortmund-Harlem-Trio") in
England unterwegs, in der Nähe von Leeds. Leeds ist eine
Partnerstadt von Dortmund. *Klassenfahrten* im Auftrag einer
partnerstädtischen Beziehung sind immer etwas ganz besonderes. Mit von der Partie ist auch ein Konzertpianist, der jeden Tag ein paar Stunden in einer Einkaufspassage spielen
soll. Und zwar am Fuße einer Rolltreppe, wie sich das die
englischen Organisatoren ausgedacht haben. Dass man zum
Klavierspielen auch ein Klavier benötigt, hat man leider vergessen. So braucht man drei Tage, um dann ein Minikey-
board aufzutreiben; ein akustisches Klavier oder einen Flügel
konnte man in der Eile nicht kriegen. Der arme Pianist soll
nun auf dem 40-Tasten-Spielzeug Chopin spielen. Gott sei
Dank ist es dann nicht möglich, in dieser dunklen Passage,
die eher an einen stillgelegten U-Bahnschacht erinnert, einen
geeigneten Stromanschluss ausfindig zu machen, worüber
der Pianist dann letztlich doch sehr glücklich ist. So geht er
dann die ganze Woche Spazieren …

Das Dortmund-Harlem-Trio ist für größere Aufgaben vorgesehen, nicht in einer dunklen Einkaufspassage, nein, Open-

17

Air, direkt fürs Volk, am Puls der Zeit, mitten in der Fußgängerzone.

Natürlich auch hier kein Strom, aber die gewieften Insulaner haben vorgesorgt: Keine zwei Meter hinter der Band steht ein Strom erzeugender Dieselgenerator, mit dem man locker Manchester, Newcastle und Leeds bestromen könnte. Leider auch beschallen. Sobald das Mördergerät angeworfen wird, haben wir den Eindruck, eine Boeing 747 startet hinter uns. Und bläst uns, wenn auch keine Kerosin- aber immerhin dunkle Dieselwolken von hinten in die Frisur. Von Musik ist natürlich nichts mehr zu hören, dafür gibt's aber einige ortsansässige Glenfiddich trinkende Gestalten mit einer gewissen Catweazle Ähnlichkeit zu bestaunen, die vor der Band halsbrecherische Freestyle-Tanzeinlagen zum Maschinenlärm aufführen. England – wir kommen wieder! Der Erfolg ist unverkennbar.

*****

Viele Leute sagen, dass Musiker oft unter Strom stehen, und das ist leider wahr. Und das gilt nicht nur für „Mister 100.000 Volt" Gilbert Bécaud. Gartenparty mit Livemusik bei einer Familie der gehobenen Mittelklasse in Herten, ungefähr Mitte der Neunziger Jahre des letzten Jahrtausends. Wir sollen mit einer zusammentelefonierten Besetzung mit Keyboards, Gesang, Schlagzeug und Bass in der Nähe des Pools aufspielen, natürlich direkt auf der Wiese, wir sind ja so herrlich spontan. Außerdem regnet 's ja heute nicht. Strom? Kein Problem, der Sohn des Hauses studiert ja schließlich Elektrotechnik, dem fällt schon was ein. Tatsächlich schafft es der Sprössling mit einer improvisierten Trickschaltung aus dem 20 Meter entfernten Gartenhaus mittels Klingeldraht den Gartenteich zu überwinden und so der Band die geforderte 220 Volt-Leitung zur Verfügung zu stellen. Strom kommt tatsächlich irgendwie an.

Ich wundere mich, dass meine Hand so kribbelt, als ich die Hihat berühre, ich merke, dass das Stativ auf einem (XLR) Mikrokabel steht. Strom gehört da gar nicht hin, nur evtl. magere 48 Volt Phantompower. Als die Keyboarderin ihre Audio (!) Kabel in das Korg Keyboard (M1) steckt, steigen tuffige Rauchwölkchen aus dem Kopfhörerausgang auf. Schnell rufe ich der Sängerin noch zu, sie möge bitte um nichts in der Welt jetzt das Mikrofon berühren, zieht sie schon das zu erwartende Zitronengesicht und ihr stehen die Haare zu Berge. Da das Keyboard abgefackelt ist und die Chanteuse noch unter Strom steht, beschließt man in gegenseitigem Einverständnis, die Party mit dem CD-Player zu beschallen. Wir kassieren und rücken ab.

*****

Aber nicht nur mit solchen profanen Dingen wie Strom hat der Musiker zu kämpfen. Viel schlimmer ist der Kampf mit dem Wetter. Für das Wetter bei Freiluft-Veranstaltungen kann der Veranstalter ja nichts. Welcher Musiker kennt das nicht? Man rückt mit teuren Instrumenten und elektrischen Gerätschaften an, schon bei der Hinfahrt hat der dreiwöchige Dauerregen kaum nachgelassen, wird durch den Veranstalter

(Gummistiefel tragend, mit Friesennerz) mit den Worten begrüßt: (nein, diesmal nicht „Hier könnt ihr nicht parken", sondern): „Heute regnet es nicht, jetzt klart es auf, glaub ich!" – um dann entsetzt festzustellen, dass entweder gar keine Bühne da ist (die Band soll auf der Wiese spielen) oder ein paar Baupaletten zusammengeschustert wurden, natürlich ohne Dach, denn heute regnet es ja nicht! Es soll immer noch Musiker geben, die dann nicht sofort wieder abreisen.

Musiker haben eine emotionale, wenn nicht sogar zärtliche Beziehung zu ihren Instrumenten (sogar Schlagzeuger). Kein Wunder, wenn man sich den ganzen Tag damit auseinandersetzt und sie ständig anfasst, um ihnen die schönsten Töne zu entlocken will man sie pflegen und beschützen. Flüssigkeit auf, unter oder über der Bühne im Zusammenspiel mit Strom ist immer aufregend. Der Klassiker neben dem Regen von oben oder der Überschwemmung von unten ist auch folgender.:

50-jähriger Geburtstag (ca. 1984), Schützenvereinsheim Dingeskirchen, die Showband hat ordentlich aufgefahren, Lichttraversen, PA, Keyboards. Der Bühnentechniker hat wegen Stolpergefahr alle Kabel unter einem alten, total versifften, auf der Bühne wohl seit 50 Jahren dauerhaft befindlichen Teppich drapiert (was da noch alles so drunter wohnt...!?)

Polonaise. Ungefähr schon eine gefühlte Viertelstunde, die Kellnerin will der Band was Gutes und stellt schön artig acht Pilsgläser auf den Teppich. Natürlich liegt ein Stromkabel unter der Stelle, sodass die Gläser – alle schon in Schieflage –

der Reihe nach umfallen und sich gleichmäßig in eine 8-fach Steckdosenleiste ergießen. Endlich ist die Polonaise fertig – und die Veranstaltung auch.

Nach einem kurzem aggressiven Zischen – ich kann es noch sehen und schreie zum Keyboarder rüber, der aber nur grinsend und glücklich über die gelungene Polonaise zurücklächelt – Zisch, Bum – alles dunkel und endlich Stille. Die erfolglose Suche nach der Hauptsicherung dauert im Dunkeln sicher eine halbe Stunde, die Party ist vorbei.

Aber zurück zum Wetter. Eigentlich bin ich ja der Meinung, von Menschen vorgetragene Musik gehört spätestens ab Mitte September ins Haus. Der Meinung sind aber nicht alle. Es gibt sogar Musiker, die mit Instrumenten bei Wind und Wetter im Rahmen von Schützenumzügen mit ihren Instrumenten durch Felder laufen, um Weidetiere zu beschallen (Tierquälerei?). Dass die Instrumente dabei nass werden und leiden, versucht man sich durch Alkoholkonsum schön zu trinken. Muss aber jeder selbst wissen.

Schlimmer ist, dass viele Veranstalter meinen, die Open-Air-Saison geht bis zum 24. Dezember. Unzählige abgefrorene Gliedmaßen und an Mundstücke angefrorene Lippen werden billigend in Kauf genommen, um dem rührseligen Konsumenten von Glühwein und Spekulatius eine weihnachtliche Stimmung zu suggerieren. Oh stille mich, Du Fröhliche! Neigt der Mensch zur Selbstkastei? Muss man das haben? Gibt es keine überdachten Häuser? Nur weil der Eskimo im Iglu vielleicht auch mal ein Liedchen trällert, muss man hierzulande doch nicht bei Minus 10 Grad draußen spielen!

Ca. 1987. Das Dortmund-Harlem-Trio wird engagiert, um in der Nähe des Borsigplatzes in Dortmund auf der Adventsfeier einer sozialen Einrichtung zu spielen. Im Vorfeld heißt es schon: Zieht lieber zwei Paar Socken an! Am *Tatort* angekommen, sehen wir im Innenhof der Einrichtung schon die üblichen Glühweinstände, Peru-Strickwaren-Anbieter und den fairen Kaffeehändler. Also erst mal rein ins Haupthaus, gleich links um die Ecke im ersten Gang nach dem Flur die Aula. 250 Plätze, geheizt, Bühne mit kompletter Peripherie (Scheinwerfer, Beschallungsanlage). Alles klar. Als wir ausladen wollen, kommt der Veranstalter (parken durfte man sowieso nicht im Innenhof) und zeigt uns unsere Bühne, die wir mit Erstaunen zur Kenntnis nehmen:

Draußen, mitten in dem zugigen Hof sind drei Bühnenelemente zusammengestellt, kein Dach, keine Rück- oder Seitenwand, keine Heizung. Das Thermometer zeigt (ungelogen!): Minus 15 Grad. Gespielt werden vier *Sets*, Pausen nach Absprache. Bum. Auf meinen Vorschlag, das Konzert doch in der Aula stattfinden zu lassen kommt nur die lapidare Antwort: „Das geht nicht, da probt ab halb neun die Laien-Kabarett-Truppe." Nach dem zweiten *Set* entschließt man sich, eine Gasflasche mit Heizschirm auf die Bühne zu stellen, nachdem keiner von uns mehr irgendwelche Gliedmaßen bewegen kann oder noch irgendwie spürt. Es kommt noch der Vorschlag, wir könnten ja genügend Glühwein trinken!

Nun gut, die Autos sind ja nicht mehr zu sehen, wir sind ja sicher zu Fuß da und haben wahrscheinlich Kontrabass, Schlagzeug und Saxofone von zuhause aus dahin getragen.....

*****

Auch extreme Hitze kann Musikern und Instrumenten schaden.

Dixielandfrühschoppen werden auch gerne mal in freiluftiger Atmosphäre veranstaltet. Westfalenpark Dortmund, eine Swingcombo spielt auf, ich bin der Aushilfsdrummer, vertrete einen Kollegen, der (vermutlich wegen Sonnenstichs) ausfällt. Wir bauen unsere Instrumente nach Geheiß des Betreibers eines Open-Air Cafés auf, ungefähr 10 Meter von den ca. 30 noch unbesetzten Tischen entfernt. Das erste *Set* verläuft störungsfrei, allerdings "verläuft" der Schweiß der Musiker auch und zwar heftig.

Gefühlte 60 Grad, aber nicht im Schatten, sondern in der prallen Sonne. („Es regnet heute nicht" stimmt zwar in dem Falle, aber ein Dach über dem Kopf braucht der Mensch natürlich doch, wenn er im August dreieinhalb Stunden in der Sonne Musik machen soll). Wir spielen also ungefähr eine Stunde in der prallen Sonne, immer mit Blick auf ungefähr dreißig ungenutzte Sonnenschirme direkt vor uns (die Tische sind nicht besetzt, es ist eher Laufpublikum zu verzeichnen). Pause. Der Bandleader geht zum Lokalchef, der die Band engagiert hat und bittet um einen (!) Sonnenschirm für die Musiker. Antwort: „Hab ich nicht!" Sensationell. Der Gitarrist hat inzwischen einen solchen Hals (nicht nur rot von der Sonne, sondern auch aus Wut auf den ignoranten Veranstalter!). Nach einer Beschwerde unsererseits („Aber da sind doch so viele ungenutzte Sonnenschirme" – „Die brauche ich alle für meine Gäste") werden zwei Schirme für die sechsköpfige Band „geopfert". Ab jetzt werden nun auch alle Getränke für die Musiker peinlich genau aufgeschrieben. Jede Toilettenbenutzung wird scheinbar protokolliert. Kunta Kinte lässt grüßen.

*****

Widrige Umstände können dem willigen ausübenden Musiker aber auch noch auf andere Art und Weise das Leben schwer machen.

Vor einigen Jahren fragt mich mein damaliger Schüler Marco, der zu der Zeit gerade am Theater Hagen bei dem Tom Waits Musical "Black Rider" Schlagzeug spielte, ob ich ihn für eine Vorstellung vertreten könne, er habe just an einem Aufführungstag Aufnahmeprüfung an einer Musikhochschule. Klar, mach ich. Gerrit (Saxofon) hat zur optimalen Vorbereitung die Generalprobe auf Video aufgezeichnet, dazu kriege ich noch beizeiten Kopien der Noten fürs Schlagzeug. Proben kann ich nicht mehr, es ist alles sehr kurzfristig und „...Du machst das schon, schließlich bist Du ja mein Schlagzeuglehrer..."

Zwei Tage vor der Aufführung (die am Theater schon seit sechs Vorstellungen läuft), bekomme ich Post mit Papier und einer Videokassette. Super. Bin schon gespannt. Ich sehe auf die Blätter, auf denen eigentlich die Noten stehen sollten, aber es handelt sich um die 13. Kopie der 20. Kopie. Schwarze Noten auf schwarzem Grund. Zudem hat bei den letzten 20 Inszenierungen dieses Stücks jeder vorherige Drummer sein eigenes Gekritzel eingetragen, gekürzt, revidiert, gestrichen, ergänzt.

Aber es gibt ja noch das Video. Gut, die Aufzeichnung der ersten Hälfte der Generalprobe hat wohl wegen Kameraproblemen nicht funktioniert, es ist rein gar nichts zu sehen, eigentlich auch egal, dass nichts zu hören ist. Immerhin ist in der zweiten Hälfte graues Bildrauschen zu sehen und im Hintergrund sind Geräusche (ist es Musik?) wahrzunehmen.

Der Aufführungstag, kurze Absprache mit dem *MD* „Es geht los mit Total Black, alles dunkel, auf der Bühne und auch im Orchestergraben, dann schalten die Techniker die Notenpultleuchten ein und es geht los." Okay, here we go. Der Gong ertönt, die Band begibt sich in den Orchestergraben. Als alle sechs Musiker am Platz sind (ungefähr drei Meter zwischen den einzelnen Instrumentalisten) geht das Licht aus, wie geplant. Schade nur, dass das Licht nicht wieder angeht, auch die Pultleuchten nicht. Die Techniker haben uns schlicht vergessen und haben sich zum Kartenspielen zurückgezogen. Das ganze Theater liegt eine gefühlte Ewigkeit im Dunkeln. Prima, denke ich: Ich vertrete einen Schüler im

Theater, es gab keine Probe, ich konnte die Noten nicht entziffern, das Lernvideo war nicht zu gebrauchen und jetzt sitze ich hier in der Finsternis vor 900 Zuschauern, hab keinen Schimmer, was passieren soll und kann noch nicht einmal den *MD* sehen.

Aber hören. Alle anderen Musiker, die das Stück ja schon x-mal gespielt haben, fangen plötzlich aus der Not heraus an, auswendig zu spielen, ich klinke mich einfach nach Gehör ein und stelle schnell fest, dass es bei Tom Waits' Musik eigentlich am besten ist, wenn man am Schlagzeug einfach Geräusche macht und irgendwie drauf rum dängelt. Irgendwann geht auch noch das Licht wieder an, der *MD* grinst zu mir herüber, die Show läuft.

Aber das Gemeinste ist: Marco hat es doch noch rechtzeitig nach der Aufnahmeprüfung (bestanden übrigens!) ins Theater geschafft, sitzt die ganze Zeit in der Loge direkt über meinem Platz im Orchestergraben und kann sich vor Lachen kaum noch halten!

Was für ein Theater!

Fehlbuchung

Manchmal kommt es vor, dass aus verschiedenen Gründen die falsche Band mit der falschen Musik zur richtigen Veranstaltung gebucht wird oder umgekehrt. So was führt dann oft zu einigen Irritationen, wenn nicht sogar zu handfesten Auseinandersetzungen. Oft hat das damit zu tun, dass der Veranstalter überhaupt keine Ahnung hat, was er eigentlich möchte („Ich will zünftigen Dixieland, aber nur zu zweit, so richtig mit Bongo und Orgel"). Oder der Veranstalter ist sich nicht bewusst, welche Art Publikum er zu erwarten hat. (Der Veranstalter ist totaler Freejazzfan, als die Band am Veranstaltungsort ankommt, stellt sie fest, dass es sich um eine Adventsfeier des Finanzamts oder eine goldene Hochzeit des CDU-Ortsleiters handelt). Fehlbuchungen kommen aber auch zustande, wenn es Unstimmigkeiten in der Absprache gibt. (Die Band reist an, eine andere Band ist aber schon da und spielt schon- „Ach so ja, diese Jungs waren dann doch billiger, hat Euch denn niemand Bescheid gesagt?")

Sommer 1986: Das Dortmund-Harlem-Trio (Kontrabass/Schlagzeug/Saxofon) hat sich mit dem Gitarristen Mario, einem guten Freund der Band, verstärkt. Aufgabenstellung: Ein vierzigster Geburtstag soll in Mülheim a. d. Ruhr bespielt werden (leider ist es mir entfallen, wer diesen Job gebucht hat). *Tatort* ist eine ländliche Kneipe. Die Jubilarin - ganz in schwarzem Leder gewandet und tätowiert - weist uns ein. „Baut mal hier mitten in der Kneipe auf!" Noch sind alle

Gäste draußen, verständlich, die Sonne scheint, wir bauen also auf und spielen - eigentlich nur für uns - aber: Vertrag ist Vertrag (wir sollen bis 22 Uhr spielen). „Für Dich soll's rote Rosen regnen", „As Time Goes By", „Lullabye Of Birdland" stehen bei uns auf dem Zettel.

Irgendwann machen wir Pause, gehen nach draußen und sehen, dass wir mitten in einem Rockerclub gelandet sind. Schwarzes Leder ist hier dominierend, wahrscheinlich sogar die Socken, die eine oder andere zur Weste umfunktionierte abgeschnittene Jeansjacke ist noch zu sehen, da steht irgendwas mit „Angels" oder so drauf.....auf der Rückseite der Kneipe sind dann ca. 30 fette Motorräder zu sehen, nebst zwei finsteren Gestalten mit Baseballschlägern, die abgestellt sind, um aufzupassen, dass niemand die Maschinen putzt, glaub ich. Komisch, dass diese Typen immer übergewichtig sind. Okay, soweit, ist vielleicht besser, dass niemand reinkommt und uns zuhört. Draußen wird's immer lauter, exzessiver Alkoholkonsum in der Sommerhitze lässt die Gemüter aufwallen. Wir spielen weiter, kurz vor 22 Uhr quälen wir (die rettende Idee - damit kriegen wir sie!) „Born To Be Wild" in einer bis dahin nie gehörten Jazzversion aus den Instrumenten.

Zack! Die Tür fliegt auf - der Freund (Aufpasser? Zuhälter?) der Gastgeberin platzt rein und brüllt: „Was spielt ihr denn hier für eine Scheiße?" - darauf Mario: „Ist sowieso schon zehn. Wir wollten gerade aufhören" Vom Leithammel angelockt kommen jetzt nach und nach alle anderen Ledernacken rein. Nur das Geburtstagskind lässt noch auf sich warten, stolpert aber dann doch noch total besoffen durch die Menge und brüllt mit lallender, krächzender Stimme: „Ihr Arschlöcher - spielt sofort weiter" Mario: „Ja, aber die Zeit ist um, könnten wir dann bitte jetzt abrechnen?"

Falsche Frage. Die Vierzigjährige Rockerbraut (die übrigens von ihrem Stecher eine nagelneue Harley zum Geburtstag bekommen hat) kriegt einen hysterischen Anfall, schreit wie am Spieß laut rum, rennt raus und kommt kurze Zeit später (wir haben inzwischen in weiser Voraussicht schon mal die Instrumente zusammengepackt) mit ihrer neuen Harley durch die Doppeltür unter brutal lautem Getöse mitten in die Kneipe gefahren. Dabei hat sie sich natürlich an der Türzarge erst mal beide Spiegel abgerissen. Ihr Gönner hat jetzt auch die Nase voll von ihr und versucht sie zu bändigen, als sie sich an der Stelle, an der wir eben noch gespielt hatten, mit der neuen Maschine wie irre im Kreis dreht, bis der Gummigestank und der Rauch (vom Lärm ganz zu schweigen) unerträglich wird.

Wir nutzen das verrauchte Wirrwarr, um durch den Hinterausgang zu entkommen. Ein kurze Diskussion auf dem Parkplatz, wer denn nun wieder reingeht und Geld eintreibt, wird schnell einvernehmlich beendet. Wir fahren zurück nach Dortmund und trinken noch ein Bier auf eigene Kosten in einer Jazzkneipe.

*****

Adi (Saxofon) ruft an, es muss so um 1993 gewesen sein. Eine Event-Agentur aus dem Sauerland möchte, dass wir auf der Jahresfeier des größten Sägewerks der Region mit unserem Jazzquartett spielen. Werner (Piano) ist auch dabei. Schicker Anzug, großes *Catering*, mehrere Events und Acts sind angesagt. Nach einer zweistündigen Anreise-Odyssee durch dunkle Wälder mit dem obligatorischen Shell-Atlas auf den Knien (Navi war noch nicht) kommen wir an einem imposanten Holzhaus an, das Haupthaus der Holzfällerinnung. Draußen laufen wichtige Anzugträger der Event-Agentur rum, mit Knopf im Ohr, Gel in den Haaren und Designer-Krawatte. Irgendwie passen sie so gar nicht in dieses ländliche Ambiente und machen einen eher verlorenen Eindruck. Die Agentur hat sich einiges einfallen lassen: Jazzquartett, Schlagersänger, Modenschau. Wir bauen auf, während ein Innungsmensch eine nicht enden wollende monotone Rede über Holz hält. Klingt, wie ein Meditationskünstler, der Mantras aufsagt. Das Publikum sitzt unbeweglich da; stellenweise glaube ich, alle Typen, die da sitzen, sind ebenfalls aus Holz und eigentlich nur geschnitzt.

Es sind nämlich wirklich ausnahmslos Kerle, die da hocken, in geduckter Haltung mit stoischem Gesichtsausdruck, alle komplett in dreckiger Holzfäller-Montur, keine einzige Frau dabei. Alles original Holzfäller, die bis vor 12 Minuten noch große Bäume umgehauen haben. Echte Dumpfbacken, die gar nicht reagieren, auf nichts. Wir spielen also gegen diese Wand aus Holzfiguren, die sich nicht bewegen und sich auch nicht unterhalten, ab und zu saugt einer mal ein Glas Bier aus, das ist alles.

Dann haben wir Pause. Ein schnieker Typ von der Event-Agentur gibt alles und kündigt den nächsten Act an: Extra aus der Modestadt Düsseldorf habe man Models herangeschafft, die nun die neuste Kollektion von Forstarbeiter-Arbeitskleidung vorführen werden. Keine Reaktion. Dann streikt natürlich zuerst mal der CD-Player, der die Techno-sounds zum Einzug der Models abspielen soll. Jetzt soll die Jazzband schnell was spielen. Wir reagieren prompt und liefern ein euphorisches „Giant Steps", die hungerhakigen Models stolpern aus dem Hintergrund auf die Bühne und bilden ein Bild des Jammers:

Man hat diese blonden, armen 18-jährigen magersüchtigen Knochengerüste in viel zu große Holzfäller-Overalls gesteckt, dazu Gummistiefel, eine hat zur Dekoration noch eine Kettensäge am Arm hängen, sie bricht unter dem Gewicht fast zusammen. Würde die Jazzband jetzt keine Geräusche machen, wäre es totenstill, und zwar die ganze Zeit, das weiß auch der Event-Mensch und moderiert um sein Leben, wenn die Band länger als eine Achtelpause schweigt. Er erzählt und präsentiert und lobt und schwadroniert wie bei der Waschmittelreklame im Fernsehen. Währenddessen ziehen sich die Mädels *backstage* hektisch um: Der gleiche Overall in blau, in beige, in braun, in gelb, Gummistiefel in schwarz, in grün, in gelb, Größe 43, 44 ,45, 46, 47. Helme in gelb, in blau, alles vorgetragen mit auswendig gelerntem, betont laszivem Blick und mit großer Axt oder Motorsäge garniert. Bald checkt der Event-Moderator, dass die Musik des Jazzquartetts wohl doch nicht den Zeitgeist des gemeinen sauerländischen Forstarbeiters trifft und bricht ab.

„Und jetzt zum Höhepunkt - für Sie jetzt und nur hier - der neue Star am Himmel des volkstümlichen Schlagers - begrüssen Sie mit einem tosenden Applaus - Siggi Herz!" Totenstille. Dann, nach einer langen, langen Weile, denn Siggi muss sich erst noch die Haare schön machen und parfümieren, ertönt ein total verzerrtes Schlager-Playback (Siggi hat seinen eigenen CD-Player mitgebracht). Der Star am Schlagerhimmel kommt mit einem rosafarbenen hautengen Anzug auf die Bühne und stolziert tuntig zum Mikrofon. Er kräht, als ob es kein Morgen gäbe, stellenweise meine ich, er bewegt seine Lippen zu Kreissägengeräuschen. Singen kann er leider nicht für zehn Cent, er trifft keinen einzigen Ton. Absolut talentfreie Zone. Showtechnisch gibt er jedoch alles, animiert, klatscht, zwinkert, fasst sich in den Schritt, wirft den Holzmenschen Kusshände entgegen, eben die ganze Palette der Schlageranmache, aber nichts und niemand rührt sich. Dabei hat er doch die Haare so schön. Die arme toupierte Sau. Wir sind wenigstens zu viert, er muss da jetzt alleine durch. Uns rollen sich die Zehennägel auf. Wir können das Elend nicht länger mit ansehen und gehen erst mal zum Buffet.

Das ist zwar noch gar nicht eröffnet, aber aus eben diesem Grund noch umso reichhaltiger und... es befindet sich in einem Nebenraum, außer Sichtweite. Herrlich! Es gibt natürlich

Wild mit Preiselbeeren, der Spargel ist standesgemäß ein bisschen holzig, und zum Abschluss - für ein Buffet der Holzfällerinnung ein Muss - Baumkuchen. Die 10 Models in ihrer Garderobe im Nebenraum sind mit ihren Nerven am Ende, auch mit ihren Kräften, essen wollen sie ja sowieso nichts.

Irgendwann ist das Jazzquartett noch mal dran, unser internes Klassenziel ist jetzt nicht mehr, das Publikum auf den Tischen tanzen zu sehen, sondern bezahlt ein bisschen zu üben. Das funktioniert am besten, die Holzgestalten haben ihre Position bisher nicht verändert, Kieferbewegungen, die zu Kommunikationszwecken oder zur Nahrungsaufnahme nötig wären, können wir den ganzen Abend nicht ausmachen. Einige liegen aber inzwischen mit dem Kopf auf der Tischplatte, man hat diese Schnitzfiguren wohl nicht sorgfältig genug fixiert. Nur einmal, während der Modenschau - höre ich ein tieffrequentes Brummeln:

„Die hat meine Säge."   Komisch, die Event-Agentur hat sich nie wieder bei uns gemeldet.

*****

Am 14.10.1988 haben wir mit unserer kleinen Ethno-Band Beşçay (Kontrabass/Saxofon/Schlagzeug/Oud) ein Gastspiel in der Mercatorhalle (noch die alte, später abgerissen) in Duisburg. Anlass ist eine riesige türkische Veranstaltung und wir haben ja unseren Oud-Spieler Yulyus, der sich gut mit türkischer Musik auskennt und viele türkische Stücke spielen kann, dabei.

(Oud ist übrigens die türkische Form der Laute, bundlos und leider brutal schwer zu spielen, weil Yulyus das aber drauf hat, genießt er hohes Ansehen bei türkischen Musikern). Wir sind Spezialisten darin, türkische Musik mit Jazz zu verbinden.

Das Wetter ist leider elend schlecht an dem Tag, ich glaube sogar, es ist schon glatt auf den Straßen. Wir holen also Yulyus in der Scharnhorststrasse ab, der die aktuellen klimatischen Bedingungen noch nicht ganz in seiner eigenen Kleiderordnung umgesetzt hat. Er trägt zu einer dünnen Ethno-Pumphose spanische Espandrillos, also Bastlatschen mit Stoffüberzug. In der linken Hand die Oud, in der rechten eine Flasche Bier. Alle sind guter Dinge, immerhin ist die Mercatorhalle eine große Nummer. Beim Einpacken auf der Straße kommt es zu Neckereien zwischen Django und Yulyus. Dieser rutscht dann beim Versuch, Django in den Hintern zu treten, mit seinen glatten Schläppchen aus und ein Urreflex setzt ein, der ihm strikt untersagt, die beiden Dinge fallen zu lassen, die ihm am liebsten sind, nämlich a) die Oud und b) die Flasche Bier.

Da liegt er nun, a) und b) vollkommen unbeschädigt, im Falle von b) sogar, ohne einen einzigen Tropfen verschüttet zu haben. An c) hat er aber nicht gedacht. Er schreit vor Schmerzen und hat sich die Schulter gebrochen, wie sich nachher im Krankenhaus rausstellt. Unserer Bitte an den behandelnden Arzt, unseren Saitenkünstler schnell wieder zusammenzuflicken, weil wir schließlich gleich ein wichtiges Konzert spielen müssen, will der leider nicht nachkommen, „Das könnt ihr vergessen, der ganze Arm wird jetzt für sechs Wochen stillgelegt und den Vogel behalten wir gleich hier!"

Zack, da stehen wir nun, Yulyus verständlicherweise am Jammern, wir ein bisschen ratlos, erst mal im Trio nach Duisburg, inzwischen sind wir schon total spät dran. In der Halle tobt schon der Mob. Eine elektrische türkische Band mit einem martialisch anmutenden Gitarristen, dessen elektrische Gitarre die Form einer Kalaschnikow hat, ist in Hochform, spielt ohrenbetäubend laut und hält ungefähr 2.000 Feier- und Tanzwillige auf Trab. Die Ansagen sind für uns unverständlich, aber offensichtlich macht man sich wohl ein bisschen über uns lustig, als wir unsere Instrumente auf die andere Seite der Bühne stellen.

Die Kollegen von der türkischen Band sind natürlich endgestylt, alles stimmt, von der Bühnengarderobe über die perfekt sitzende Gelfrisur bis hin zu möglichst showtauglichen Gesten und Instrumenten. Das Schlagzeug ist selbstverständlich elektrisch und bietet kitschige Techno-Sounds mit viel zu viel Hall, dazu rutscht der gegelte Kalaschnikow-Gitarrero auf den Knien vor dem Publikum rum und feuert mit großen Gesten 140 Dezibel-Salven ins begeistert kreischende Auditorium. Als Warm-Up für unser kleines inzwischen zum Jazztrio geschrumpftes Ensemble eigentlich ideal, noch besser wäre aber, wir wären gar nicht da. Wir bauen uns auf dem zweiten Teil der riesigen Bühne auf, werden schon argwöhnisch beäugt - Kontrabass, akustisches Schlagzeug und Saxofon - was soll denn das? Irgendwie verlässt dann die türkische Showband völlig fertig und durchgeschwitzt die Bühne und wir fangen an. Wenn schon keine türkische Musik, weil unser bandeigene Türkische-Musik-Experte eingegipst im Krankenhaus weilt, dann aber auch keinen Triojazz, soviel ist klar. Immerhin tragen wir drei standesgemäß türkische Shalvas, also faltige Folklore-Pumphosen, bei denen der Schritt ungefähr in den Knien zu finden wäre (wenn man ihn denn finden könnte), ausgebreitet hat jede Hose beinahe das Flächenmaß eines mittelgroßen Hauszeltes, wir sind natürlich trotzdem sofort als Deutsche enttarnt und sehen erbärmlich aus. Wir versuchen es mit „Peter Gunn", um eine adäquate Antwort auf Mister Kalaschnikow zu bieten.

Wie auf ein geheimes Zeichen stehen bei Takt 4 ungefähr alle 2.000 Zuhörer auf und rennen geschlossen zum Buffet, das außerhalb der Halle aufgebaut ist.

Unsere Rettung! Wir warten das Ende der Veranstaltung gar nicht erst ab und packen wieder ein. Unsere Abwesenheit wird nicht weiter bemerkt. Kurze Zeit später wird dann die Mercatorhalle abgerissen. Ein Zeichen?

*****

Mitte der 1990er Jahre spiele ich in einer aufregenden elektrischen Fusionband „Five Secrets". Gespielt werden selbst ausgedachte Stücke, die wie Filmmusik klingen, nur müsste der dazugehörige Film erst noch gedreht werden. Ein wirklich spannendes Projekt um den Bremer Saxofonisten Klaus, der mit Musikern aus dem Dortmunder Raum diese Idee verwirklicht. Klaus spielt auch noch in anderen Bands aus dem Jazzumfeld, er hat kürzlich noch in einer Dixieland-band ausgeholfen, als der eigentliche Saxofonist krank wur-de. Mit dieser Dixielandband hatte er 2 Monate zuvor im Jazzclub am Bahnhof gespielt. Klaus ruft also an und sagt: „Ich hab ´nen Job für "Five Secrets" im Jazzclub Bremen am Bahnhof klargemacht, Plakate und Werbung sind schon im Umlauf". Prima, endlich geht's mal wieder rund mit dieser Band, schließlich soll die Welt erfahren, welch spannende Musik es noch gibt neben dem gewohnten Wiederkäuen von oft gehörten Evergreen-Standards.

Wir kommen also nachmittags in Bremen an und laden aus „Hier dürft ihr nicht parken" versteht sich direkt in Haupt-bahnhof-Nachbarschaft von selbst. Der Club wirkt irgendwie nobel, irgendwie aber auch schäbig, versprüht so eine Art abgerockte Eleganz, alles in dunkelrotem Plüsch, leicht ver-rucht, naja, das Bahnhofsviertel halt. Der Wirt guckt schon ein bisschen verwundert, als wir die vielen elektrischen Ge-rätschaften, Keyboards und E-Gitarren reinschleppen. Als nächstes entdecken wir hinter dem Tresen die zusammenge-rollten, noch nicht geöffneten 80 Bandplakate, die ja eigent-lich in der Stadt hängen sollten. So was kommt leider ganz oft vor. Erst von der Band finanzierte Plakate anfordern und hin-terher sagen: „Plakatwerbung funktioniert bei uns irgendwie nicht so" Hätte er wenigstens besser verstecken sollen. Spätestens beim Soundcheck macht sich dann jedoch Verwunderung breit: „Warum spielt ihr denn keinen Dixieland?" - „Weil wir ne Fusionband sind mit eigenem Programm" - „Ja aber als der Klaus vor zwei Monaten hier gespielt hat, hat er noch ganz andere Musik gemacht" - „Weil vor zwei Monaten eine ganz andere Band hier war, in der Klaus nur Aushilfssaxofonist war".

Aha. Der Veranstalter hat also gedacht, Klaus rückt schon wieder mit der Dixie-Combo an, weil er sich nicht vorstellen kann, dass ein guter Musiker noch in anderen Formationen spielt und sich dort von den Dixie-*Mucken* erholt. Der Club-Betreiber hat die übriggebliebenen alten Info-Folder der Dixielandband in Umlauf gebracht und zur Presse gegeben. So ne Art Restmüllverwertung also. Leider völlig falsch in diesem Fall.

Das eigentliche Problem löst sich aber sowieso von selbst, weil bis 21 Uhr niemand den Club betritt. Vertrag ist Vertrag, wir spielen also ab neun und machen mal wieder eine bezahlte Probe, bis dann gegen zehn eine aufgedonnerte Endfünfzigerin im Tigerdress und Leopardenschuhen den Raum betritt, tatsächlich Eintritt zahlt und sich alleine in die letzte Reihe setzt. Ihr penetrantes Parfüm ist 10 Meter weit bis zur Bühne zu riechen. Wir spielen unbeirrt weiter unser Fusion-Programm. Die sonnenbankverbrannte Ibizenken-Lady tuschelt kurz mit dem Kellner, der dann mit einem kleinen Notizzettel zu uns an die Bühne kommt und diesen Zettel bei

Klaus abgibt: „Von der Dame da". Auf das Papier sind drei Buchstaben gekritzelt: G E Z . Klaus dreht sich zu uns um, wir blicken alle ratlos und wissen nichts damit anzufangen, bis Klaus sich das Mikrofon nimmt und die Lady fragt: „Was soll das?" Die Tigerlily blickt verständnislos zurück und Klaus fragt: „Sind Sie von der Gebühren-Einzugs-Zentrale?", worauf die Antwort kommt „Können Sie das Lied mal spielen?" Klaus: „Welches Lied? Was soll das denn sein? Wir spielen eigenes Programm, hier ist kein Wunschkonzert, wir sind auch keine Juke-Box" .

Zwei Welten. Absolut. Die Schminkpuppe besteht darauf, dass wir "dieses Lied" spielen. Nach etlichem Hin- und Her stellt sich heraus: Sie ist Geschäftsfrau aus Posemuckel und war zuvor noch nie im Leben in einem Jazzclub. Das wollte sie heute Abend mal ändern. Natürlich hat sie auch noch nie Jazz gehört, denkt, man gibt einfach Zettelchen ab mit Namen von Musiktiteln und die Band spielt das dann sofort - Living Jukebox. Erst nach zähen Recherchen können wir klären, was sie eigentlich mit G E Z meint. Sie habe mal im Zusammenhang mit Jazz den Namen (Stan) Getz gehört und ist der Meinung, das sei der Name eines Jazztitels. Armes Deutschland. Wir trennen uns verstört voneinander, im Laufe des Restabends betritt exakt kein einziger weiterer Mensch mehr den Club. Der Wirt, der den ganzen Abend gegenüber der Bühne Gläser poliert hat, sagt kurz „Tschüss" und wir packen wieder ein. Ob die Lady wohl irgendwann noch mal einen Jazzclub besucht?

*****

Es ist nahezu unmöglich, Musik zu spielen, die allen Menschen gleichermaßen gut gefällt. Dafür sind die geschmacklichen Vorlieben zu unterschiedlich. Aus dem Grund ist auch die Eigenwerbung vieler Radiosender total unsinnig und wirkt auf mich immer hilflos: „Wir haben die beste Musik". Vielmehr müsste es heißen: „Wir spielen den einheitlichsten Einheitsbrei, weil wir niemanden vergraulen wollen und uns nicht trauen, auch mal Nischenbereiche von Musik zu spielen".

Hochzeitsfeiern bieten leider immer wieder eine große Angriffsfläche, was Fehlbuchungen angeht.

Guido ruft an, es muss so 1998 gewesen sein, ein Bekannter heiratet und zwar gleich im ganz großen Stil, auf Schloss Gedönskirchen im Münsterland. Da Guido Jazzpianist ist (und zwar mit einer Vorliebe fürs Experimentelle) wird er also verpflichtet, die musikalischen Belange dieser wichtigen Festivität zu übernehmen. Natürlich Livemusik. Zu diesem Zwecke sucht er sich die Allzweckwaffe - Das Dortmund-Harlem-Trio - zu seiner Begleitband aus. Der Gastgeber und Bräutigam ist bekennender Jazzfan und weiß, was ihn erwartet.

Das Schloss liegt einsam und außerhalb von irgendwelchen Ortschaften, deswegen werden alle Gäste (und die Musiker ebenfalls) eingeladen, vor Ort zu übernachten. Super Idee. Keiner muss mehr Auto fahren, man ist gleich viel entspannter bei der Sache. Die Hütte ist echt gediegen, hier steckt Geld und selbiges kostet auch wohl die Miete für ein Event dieser Art. Aber Kohle scheint hier keine ernstzunehmende Rolle zu spielen, man schöpft aus dem Vollen.

Der Speisesaal, in dem die Festgesellschaft sich an einem 8-Gänge-Menü zu schaffen macht, ist zwar groß, jedoch sitzt man mit dem Rücken jeweils direkt an der Wand, die Bude ist voll und für eine Band ist eigentlich gar kein Platz. Da der natürlich vorhandene Konzertflügel jedoch sowieso auf dem Flur vor dem Speisesaal steht, ist der Fall klar: Gesellschaft drin - Band draußen. Man kann ja die Tür ein bisschen aufstehen lassen. In unserer akustischen Besetzung Saxofon, Kontrabass, Schlagzeug plus Piano legen wir also los, spielen ein paar Jazzstandards, bis dann die Brautmutter rauskommt und sagt: „Spielen Sie doch mal was ordentliches, aber bitte nicht so laut!" Gut. Wir spielen ein paar Bossa Nova Nummern, so leise wie wir können. Natürlich kommt die selbsternannte Chefin wütend wieder raus: „Können Sie nicht hören? Drinnen versteht man sein eigenes Wort nicht mehr! Noch wesentlich leiser bitte!" - und verschwindet wieder. Zwischendurch kommt der Bräutigam und strahlt: „Jungs, astrein, so habe ich mir das immer vorgestellt, ich danke Euch, das macht ihr super, aber das sollen doch alle hören, könnt ihr nicht was aufdrehen?"

Jetzt spielen wir schon so leise, dass wir unsere Instrumente kaum noch selbst hören, sondern fast nur noch fühlen, als nach ungefähr 10 Minuten natürlich wieder die böse Schwiegermutter rauskommt, inzwischen ordentlich angezwitschert, sie baut sich kampfbereit vor uns auf und brüllt: „Sie ruinieren die Hochzeit meiner Tochter mit ihrer lauten furchtbaren Musik! Eine Unverschämtheit ist das! Haben Sie etwa nicht gelernt, leise zu spielen? Ich denke, Sie haben Musik studiert!?" Wir bieten an, gar nicht mehr zu spielen oder nur noch *Jazzbewegungen* zu machen (was aber keinen Sinn machen würde, denn die Gäste können die Musiker sowieso nicht sehen), aber das betrunkene Matriarchat ist nicht mehr zu bremsen, sie ist so in Rage, dass ihr inzwischen sogar die Perücke komplett verrutscht ist, aber sie merkt schon nichts mehr, kann eh nur noch lallen.

Spielt die Band außerhalb der visuellen und auditiven Kontrolle durch das Publikum, wie hier, gepaart mit der Möglichkeit, alkoholische Getränke zu konsumieren, weil man nicht mehr Auto fahren muss, kann das schwerwiegende Folgen bei der korrekten Berufsausübung eines Musikers haben.

Nach einem guten Essen soll getanzt werden. Natürlich auf dem Flur, hier ist ja die Musik, nur nicht so recht Platz zum Tanzen, egal, es wird schon irgendwie gehen. Guido hat sich bei dem ganzen Stress mit der Schwiegermutter eher zurückgehalten, jetzt fällt auf, dass seine Augen ganz verdreht sind und seine Nase ganz rot. Er zerrt aus seinem Koffer ein *SM 58* Mikrofon hervor, nebst einem total verknoteten Kabel und schließt beides an einen kleinen Kofferverstärker an. Mir war bis dahin gar nicht bekannt, dass Guido auch singt. Ist sicher nur für die Ansagen. Dann zückt er für uns alle völlig überraschend, schneller als Billy The Kid seine 38er, eine Notenmappe aus seiner Tasche, die er auf einem Antik-Flohmarkt für drei D-Mark gekauft hat.

„Udo Jürgens - die frühen Werke" oder so. Er meint, das wär jetzt zum Tanzen ideal. „Damit kriegen wir sie!"

Hatte ich schon erwähnt, dass es sich bei dem Dortmund-Harlem-Trio um eine Jazzband handelt? Wir blättern die Mappe durch und stellen fest: Sämtliche Titel aus diesem Heft muss Udo Jürgens wohl sehr früh (wahrscheinlich noch zu seiner Kindergarten- oder Schulzeit) geschrieben haben, denn keiner von uns kennt auch nur einen einzigen davon.

Trotzdem wird Seite eins aufgeschlagen und tapfer losgespielt. Zumindest der Notenbesitzer sollte ja in der Lage sein, die Stücke erkennbar zu Gehör zu bringen, wir spielen mit, so gut es geht.

Nur ist der Notenbesitzer erstens mittlerweile völlig betrunken und zweitens eigentlich Freejazzpianist. So klingt denn das Ganze wie *Cecil Taylor* auf Koks 1963. Dazu singt Guido die Tassen aus dem Schrank, die Nase direkt am Papier, schließlich muss er ja auch den Text lesen (wahrscheinlich zum aller ersten Mal, also „vom Blatt"), seine dicke Hornbrille ist vom Schnauben ganz beschlagen. Das Publikum entfernt sich nach und nach dezent, man muss ja nach einem solch opulenten Schmaus kurz (?) auf die Terrasse oder einen (längeren) Spaziergang machen.

Ach so, ja, die böse Brautmutter ist irgendwann die Treppe hinauf gestapft und hat aus Protest die Feierlichkeit verlassen. Bettruhe ist eh das Beste in ihrem Zustand. Nach einiger Zeit zeigt sich dann endlich mal die Braut, die wirklich optisch überaus positiv überrascht, soweit wir das in unserem Zustand noch wahrnehmen können. Ein echter Knaller. Sie macht einen sehr gelösten Eindruck (besonders ihr Dekolleté) und kommt direkt auf uns zu: „Hallo Jungs, ich möchte sooo gerne mal mit Euch einen...Singen!" Auch die Sprechstimme überzeugt. Eigentlich hätte jetzt „Je t'aime" gepasst, ich hätt 's gern von ihr gehört, aber sie entscheidet sich für eine Soul-Nummer „Ain't No Mountain High Enough".

So was ist oft der peinlichste Moment des Abends, wenn der Gastgeber oder die Gastgeberin unbedingt rührselig eine Solonummer vortragen will, meistens „Memories" aus Cats, „My Way" "New York, New York" oder eine ähnlich unsäglich abgedroschene *Schmonzette*. Doch es kommt gänzlich anders:

Den peinlichsten Moment des Abends haben wir selbst schon längst überschritten und die hübsche Braut ist intonationssicher, hat eine echt soulige Stimme und wirklich Feuer. „Super Jungs, macht total Spaß mit Euch, noch einen!" Das Publikum findet das auch eine halbe Stunde lang gut, dann ziehen sich die meisten (viele sind ja auch von weit her angereist) auf die Gästezimmer des Schlosses zurück, doch Soul-Baby dreht nun erst richtig auf.

Wir geben zu bedenken, sie müsse sich wohl auch mal wieder um ihre Gäste oder ihren frisch Angetrauten kümmern, das ist ihr aber alles egal, noch einen Prosecco, und weiter geht's mit der Brautsession. Zugegebenermaßen macht es auch uns Spaß, so eine gute Soulröhre hört man selten. Die Lady wird immer anhänglicher und bedankt sich nach jedem Titel bei jedem Einzelnen von uns mit einer innigen Umarmung und einem Kuss. Dabei säuselt sie uns immer neue Titel ins Ohr, bis dann nach ungefähr zwei Stunden der Bräutigam zu ihr kommt und matt sagt: „Baby, ich kann nicht mehr, ich muss ins Bett" (Inzwischen ist es ja auch schon halb vier und es hängen nur noch drei Gäste am Tresen rum). Doch Baby will nicht aufhören: „Geh Du doch schon, ich will noch ein paar Nummern (?) mit den Jungs!" Irgendwann ist es dann doch wohl zu Ende. Wir müssen alle früh raus, der nächste Job beginnt für uns schon mittags und ist in Leverkusen. Ich glaube, Kinderlieder stehen auf dem Programm.

So treffen wir also um zehn im Frühstücksraum einen total übernächtigten Bräutigam zur Abrechnung. Er sieht elend aus, tiefe, dunkle Augenhöhlen, zerzauste Haare, blasse Haut. Irgendwie nicht, wie ein glücklicher Bräutigam nach einer gelungenen Hochzeitsnacht aussehen sollte, denn nebenbei fragt er mit matter Stimme: „Jungs habt ihr eigentlich meine Frau gesehen? Bei mir ist sie die ganze Nacht nicht aufgetaucht".

Nicht, dass hier ein falscher Eindruck entsteht: Bei uns übrigens auch nicht. Wir packen unsere Sachen ein und treten die Heimreise an. Guido ist noch bei ungefähr zwei Promille und stellt nach einer Stunde Fahrt fest, dass er wahrscheinlich seinen Haustürschlüssel im (Hochzeits-)Schloss liegengelassen hat. Nach etlichem Gejammer laden wir an der Raststätte vorsichtshalber erst mal die gesamte Karre aus und suchen alles ab, bevor wir zurückfahren und finden - hurra - den Schlüssel in der Udo-Jürgens-Mappe.

Übrigens treffe ich nach einigen Jahren bei einem öffentlichen Anlass einen Mann wieder, der mir irgendwie bekannt vorkommt. Eine dunkle Vorahnung beschleicht mich, bis er endlich fragt: „Sagen Sie, haben Sie nicht mal auf meiner Hochzeit gespielt?" Als ich ein bisschen herum stottere, sagt er: „Macht nichts, das mit der Blondine war nach einem halben Jahr schon wieder zu Ende. Ich habe vor sechs Jahren glücklich wieder neu geheiratet. Und zwar nicht auf einem Schloss".

*****

1987 bin ich mit der HSK-Bigband zehn Tage in England und Schottland auf Tour. Immerhin gibt's in diesen zehn Tagen tatsächlich acht Konzerte zu absolvieren, wir spielen übrigens auch hier in verschiedenen Schlössern, diesmal nicht auf Hochzeiten, dafür aber in einem Golf-Club, im Ross-Bandstand-Garden in Newcastle und in der Carnegie-Hall. Ehrlich. Die echte Carnegie-Hall steht nämlich gar nicht in New York, da ist nur die zweite dieser Art (aber eben auch die berühmtere). Die echte steht in Dunfernline (GB). Alles mit einem Reisebus, der in Arnsberg im Hochsauerland startet, dann bis Rotterdam, mit der Fähre nach Hull, dann die ganze Ochsentour mit dem Bus bis rauf nach Glasgow.

Eine Station, am 18.07.1987 ist die Town Hall in Grangemouth, also eine Stadthalle, ungefähr 800 Plätze. Die Band ist nach den fünf bereits absolvierten Konzerten der letzten Tage gut eingespielt, wir freuen uns drauf. Als wir am frühen Nachmittag auf den Parkplatz vor der Halle fahren, kommt eine Art Pförtner (der wohl gleichzeitig auch so was wie der Organisator ist) raus, guckt uns ganz groß an und sagt erstaunt: „What the hell - this week?!"

Na klar, this week, nächste Woche sind wir schon wieder in Germany. Wir packen also aus und bauen auf. Währenddessen können wir beobachten, wie der britische Checker mit weit aufgerissenen Augen in seiner Pförtnerloge wild gestikulierend telefoniert, ungefähr eine halbe Stunde lang. Dann macht sich die Band erst mal über das mitgebrachte *Catering* her (am Vorabend im Civic Centre in Motherwell war so viel übrig vom Buffet, dass wir scheinbar in weiser Voraussicht alles eingepackt hatten, außerdem haben wir unsere Bandmutti Monika dabei, die immer Schnittchen für uns parat macht). Bei uns macht sich aber auch eine gewisse Sorge breit, ob wir denn heute Abend vor leeren Rängen spielen müssen, immerhin hat uns der Veranstalter ja erst nächste Woche erwartet. Der kommt aber zu unserem Erstaunen mit einem zufriedenen Lächeln zu uns *backstage* und wünscht uns ein schönes Konzert. Er hat sogar noch eine Art (mit Salatblättchen) belegte Brötchen besorgt.

Ungefähr eine halbe Stunde vor Konzertbeginn fahren dann sechs Reisebusse vor, und 300 Zuhörer, Männer und Frauen, keiner unter 70, schleppen sich in die Halle, werden geschoben, gehen am Stock, oder werden von Pflegern gestützt. Da hat doch der findige Organisator in seiner Not mal schnell sämtliche Alten- und Pflegeheime im Umland antelefoniert und gesagt: „Hey, heute gibt's einen Ausflug! Für lau! Alle sind eingeladen! Concert with our friends from Germany!"

Und, was soll ich sagen, bei dem Konzert geht's dann mehr ab, als bei „The Dome". Wer noch kann, lässt sich auf den Tisch helfen, um besser sehen zu können, oder um zu tanzen. Zusammen mit dem Drummer Joe spiele ich noch ein paar arrangierte Rudimental-Snaredrum Paradestücke, das begeistert die Altgedienten dermaßen, dass die ganze Show kein Ende nehmen will. Echt ein runder Abend. Manchmal kann man aus einer Fehlbuchung ja auch noch was stricken und alles wird überraschend gut oder sogar noch besser als ursprünglich geplant.

Skurriles

Als Musiker auf der freien Wildbahn erlebt man öfter mal Situationen oder ist Teil von Events, die man - freundlich ausgedrückt - als skurril bezeichnen könnte. Absurdität gehört aber wohl zur Kunst dazu, soviel steht fest.

Kneipen und Cafés, die am Sonntagmorgen einen Frühstücksbrunch anbieten, sind gern besuchte Lokalitäten. Bei Musikern besonders beliebt sind natürlich die, die auch Livemusik dazu buchen. Der Vorteil liegt auf der Hand: Als Spieler sind solche Events nicht so anstrengend zu bewältigen wie z.B. ein abendfüllendes Konzert. Außerdem kann sich auch ein freischaffender Musiker am meist opulenten Buffet mal so richtig satt essen. Das ausführende Musikensemble steht allerdings nicht so im Vordergrund wie bei einem Samstagabend-Bühnenkonzert, schließlich kommt ja das Publikum, weil's was auf die Gabel gibt und nicht unbedingt, weil die Band Soundso da aufspielt. Eine klassische *Backgroundmucke* eben. In Dortmund als Stadt mit einer regen Jazzszene gibt's natürlich solche Events schon lange. Und meistens mit einer Jazzformation. Wir haben schon öfter im Che ' Coolala in Dorstfeld zum sonntäglichen Brunch aufgespielt, in unterschiedlichen Besetzungen. Das Publikum ist immer dankbar und die Atmosphäre entspannt. Für diesen speziellen Sonntagmorgen hat sich Django etwas Besonderes einfallen lassen:

Eine experimentelle Besetzung: Kontrabass (als Begleitinstrument), E-Bass (als Soloinstrument) und Percussion, dazu noch Tonbandeinspielungen, die die Ende der 1980er Jahre so beliebten Gesänge der Buckelwale wiedergeben. Ich bin natürlich sofort begeistert von dieser verrückten Idee und sage zu. Wir bauen auf und experimentieren uns an diesem schönen Sommersonntag durchs Programm. „Donna Lee", „Meet The Flintstones", „Bluesette" und „Freddy The Freeloader" stehen auf dem Zettel. Dazu dann das meditative Jammern aus den Weiten der Ozeane.

Das kommt an. Einige Frühstücksgäste fordern lautstark, die Band leiser und die Buckelwalgesänge lauter zu drehen, wenden sich dann aber ihrem Rührei zu und sind zufrieden.

Zwischendurch isst sich die kleine Kapelle selbst mal richtig satt, die entstehende Pause wird von den Buckelwalen von der Bühne her gekonnt überbrückt, niemand merkt, dass wir gar nicht mehr spielen. Nach zweieinhalb Stunden können selbst wir das Riesensäuger-Gejammer nicht mehr ertragen, aber die Show ist vorbei, alle sind satt und das Experiment gelungen. Mann, sind wir gut! Also, abbauen, einpacken und nach Hause fahren, schön in den Garten.

Kaum zuhause angekommen, klingelt schon das Telefon Sturm. Django: „Kannst Du in einer halben Stunde wieder hier in Dortmund sein? Großes tut sich auf, es geht um Filmaufnahmen, wir spielen in derselben Besetzung wie gerade, mehr kann ich jetzt nicht sagen. Heinz hat das vermittelt, wir treffen uns vor dem ‚Bass', es muss nur jetzt alles sehr schnell gehen!"

Heinz ist der Inhaber und Wirt der Dortmunder Jazzkneipe „Bass", relativ klein, aber selbst große Jazzbands spielen immer gern da. So schnell kann's gehen, denke ich, man muss nur die richtige Idee haben und mal was Originelles bieten, dann springen auch die Medien drauf an, dass es jedoch so schnell geht, und man eine Stunde nach dem Premierenkonzert gleich einen Film über uns drehen will, hätte ich nicht gedacht.

Also, zack, die Instrumente wieder rein ins Auto, zurück nach Dortmund. Das ‚Bass' liegt in der Münsterstrasse, verkehrsberuhigter Teil. Es gibt mittlerweile kaum noch ein Durchkommen, alles voller Leute, haushohe Kamerakräne, flatternde Absperrbänder, Menschen mit Klemmbrettern und halben Brille eilen durch die Zone, alles in heller Aufregung . Ich fahre also bis zur Absperrung vor, setze vorsichtshalber die Sonnenbrille auf, man möchte ja keinen zusätzlichen Tumult erzeugen, wenn die Stars ankommen. Ein Absperr-Hiwi kommt mir entgegen, ich raune ihm zu: "Ich bin jetzt da - wohin?" und er antwortet kurz: „Ich bin schon fünf Stunden da, hier kommt heute niemand durch, hier ist gesperrt, fahr nach Hause!"

So empfängt man aber nicht die Protagonisten des neusten Blockbusters. Ich denke kurz darüber nach, beleidigt das Set zu verlassen, als Django um die Ecke kommt, zusammen mit dem Aufnahmeleiter. „Das geht in Ordnung, bitte hier direkt vor der Kneipe. Sofort aufbauen und loslegen!" Klingt schon mal anders, da hört man doch gleich so eine gewisse Hollywood-Agilität raus. Jörn ist mit seinem E-Bass auch schon da, Heinz gibt ihm eine Stromverlängerung für seinen Verstärker durchs Fenster und wir checken kurz. Der Regisseur kommt und gibt die Anweisung: „Spielt sofort los, macht Alarm, soviel ihr könnt, gebt alles, ihr müsst die Leute kriegen!"

Alles klar, das ist unser Spezialgebiet. Wir starten sofort mit „Peter Gunn", Jörn spielt das Thema mit dem E-Bass und Verzerrer, Django zupft um sein Leben, als wär der Kontrabass ein wilder Löwe, den er in einem Ringkampf bezwingen müsste, ich haue rein wie noch nie, hab schon nach zwei Minuten Blasen an den Händen, die Buckelwale scheinen gar nicht mehr zwingend zum Gesamtkonzept zu gehören, der Schweiß läuft uns in Strömen über die Gesichter. Bei den uns gegenüberliegenden Häusern in der Fußgängerzone gehen schon nach 8 Takten die Fenster auf: „Ey ihr Idioten! Aufhören! Sofort! Ich hol die Polizei! Was soll die Scheiße?"

Vor uns haben sich inzwischen die Menschenmassen aus der Fußgängerzone eingefunden und bestaunen uns, wie man im Zoo Affen bestaunt, denen man ein Kunststück beigebracht hat. Die ersten fangen an zu johlen und zu pfeifen.

Der Regisseur ist begeistert: „Super Jungs! Genau so! Immer nur weiter! So will ich das haben!" Ich bin erstaunt, wie so was abläuft, meine Karriere als Filmstar war eigentlich schon abgeschlossen. Ich hatte mal als 15-jähriger ein Casting für einen Kinofilm mitgemacht („Die Heartbreaker"), da wurde ein Drummer gesucht, ich war dreimal zu Probeaufnahmen da und zuletzt unter den ersten drei Kandidaten. Hat aber dann doch nicht gereicht.

Aber wie professionell hier gearbeitet wird! So authentisch! Keine Maske vorher, Kameras so geschickt versteckt, dass ich gar keine sehen konnte! Wird wahrscheinlich so 'n raues Roadmovie, so mit extra verwackelten Bildern und so. Nach einer halben Stunde ist das Chaos perfekt: Die Menge frisst uns aus der Hand! Jedenfalls die, die vor uns steht. Komischerweise hat jeder eine Bierflasche in der Hand, aber das soll ja die Stimmung noch heben!

Die Anwohner können wir für unsere Darbietung leider nicht gewinnen, aber der Regisseur feuert uns wohlwollend an, als einige Anwohner anscheinend kurz davor sind, das Mobiliar aus dem Fenster zu werfen. Dafür rückt aber inzwischen die Polizei an. Der Regisseur schaltet sich dazwischen und verhandelt. Zehn Minuten später kommt er zu uns und sagt: „Fertig! Gut gemacht Jungs! Danke!" Ich erkundige mich, wann denn unser Bandfilm erscheint und der breiten Öffentlichkeit zugänglich gemacht wird.

„Welcher Bandfilm? Was glaubt ihr denn? Wir haben hier den halben Tag mit 150 Statisten gedreht, bis uns heute Mittag der Kamerakran kaputtgegangen ist, da wollten nach einer halben Stunde Reparaturpause die Statisten alle abhauen, ich musste mir dringend was einfallen lassen. Wir haben dummerweise die Statisten alle vor dem Dreh schon bezahlt. Ich bin in die Kneipe hier rein und Heinz hatte die glorreiche

Idee, Freibier auszugeben und schnell eine Band zu engagieren, zur Unterhaltung der Statisten. Hat ja auch geklappt, filmen können wir jetzt endlich auch wieder, der Kran ist repariert, tschüss!"

Das Leben am Set kann so ernüchternd sein. Wir verhandeln noch kurz, jeder von uns kriegt 100 DM auf die Kralle und wir laufen hinterher im echten Film noch als anonyme Statisten mit durchs Bild.

*****

Film und Fernsehen ist eben auch eine eigene Welt. Ein halbes Jahr nach unserer Fast-Filmkarriere als Buckelwalbegleiter ereilt uns eine erneute Anfrage für Filmaufnahmen. Eine Produktionsfirma hat den Auftrag, einen Promo-Film (jetzt hätte ich mich beinahe verschrieben) über die Ruhrgebiets-Kulturszene, der in Kanada (!?) laufen soll, zu drehen.

Tatort ist das Cabaret Queue, ein wirklich nettes Szene-Theater in Dortmund-Hörde, mit einer schönen kleinen Theaterbühne, einer kleinen Empore und netten Bistro-Möbeln. Mit Beşçay oder dem Dortmund-Harlem-Trio haben wir dort schon einige Male aufgespielt. Man erklärt uns, Beşçay, unsere kleine Ethno-Band (unumstritten älteste und erste Band dieser Art im Ruhrgebiet), wäre auserkoren, den Subkultur-Part der Region zu repräsentieren, den Hochkulturteil hätte man gestern schon abgedreht, Herbert Grönemeyer habe sich mit seiner Combo zur Verfügung gestellt.

Wir schreiben das Jahr 1989, Beşçay hat bei einigen Konzerten, in denen wir ja türkische Musik und Jazz vermischen, Verstärkung durch Samra, eine professionelle Bauchtänzerin. Sie ist gern gesehener Gast und natürlich bei einem optisch wichtigen Auftritt wie einem Film unentbehrlich. Pünktlich schlagen wir am Queue auf. Noch keiner da von der Filmcrew. Da ich aber heute Geburtstag habe, gibt's aber schon mal einen kleinen Aperitif, um in Drehlaune zu kommen. Anschließend bauen wir alles auf der Bühne auf und warten ungefähr drei Stunden auf die Filmemacher, macht ungefähr 30 Aperitifs.

Dann geht alles sehr schnell und hektisch: Die Crew trifft ein und schleppt Stative, Scheinwerfer, Deko, Nebelkanonen und dergleichen in den Laden. Roger, der Regisseur, dem das obligatorische Klemmbrett scheinbar am Unterarm festgewachsen scheint, sagt gleich, wo's lang geht:

„Also, das Ganze muss aussehen, wie in einem verrauchten Jazzclub um 23 Uhr abends. Daher werden wir auch gleich hier alles einnebeln, nur mit *Trockeneis* natürlich, es soll aber nach Zigarettenrauch aussehen, ihr spielt auf der Bühne, während Barbara moderiert und was über das Ruhrgebiet erzählt."

Alles klar. „Wer ist Barbara?" - „Barbara ist unsere Starmoderatorin, sie wird in einer halben Stunde hier sein, dann geht's direkt los!"

Wir warten also weiter auf Barbara, wir erfahren, sie sei eine große Nummer, sie habe schließlich auch mal Fernsehnachrichten moderiert. Um die Zeit zu überbrücken, spielen wir ein bisschen und Samra tanzt. „Könnt ihr nicht was anderes spielen, sowas, wo die Leute gleich mitgehen können?" - Nein, können wir nicht, schließlich wäre eine Bauchtanznummer nicht typisch zu „Bochum - ich komm' aus dir". Wir spielen weiter türkische Musik, bis die Starmoderatorin mit ihrem 911er draußen vorfährt. Alles rennt nach draußen, um Taschen zu tragen und zu hofieren, aber die Dame ist heute ein wenig indisponiert. Sie hatte eine lange Fahrt, stand ewig im Stau und will jetzt erst mal entspannen und duschen, anschließend schön essen gehen.

Duschen gibt's keine hier, das findet Barbara doof. Überhaupt sind heute irgendwie alle doof, „Wer sind die Gestalten da auf der Bühne? Warum ist hier alles eingenebelt? Wo ist meine Maskenfrau? Ich hab Hunger!" Wir sind schon seit ungefähr sechs Stunden hier und bislang ist noch nichts passiert, außer dass Barbara jetzt gerne Austern mit Schlagsahne hätte und dazu ein Glas Wein, natürlich nicht irgendeinen, 75er „Chateau Migrène" - Südhang oder so soll es sein. Gibt's natürlich gar nicht. Jetzt drückt der Regisseur Roger auf die Tube: „Also, du kommst von hier, gehst zu diesem Tisch während du moderierst, wir zeichnen gleich den *O-Ton* auf, dann gehst du Richtung Bühne, die Band spielt schon, du setzt Dich auf den Bühnenrand und moderierst zu Ende - Okay, alles auf die Plätze - es geht los"

„Kamera läuft" - „Ton läuft" - „Und Action!"

Wir fangen an zu spielen, Samra kommt auf die Bühne und tanzt, aber das Licht war noch nicht soweit. „Und Stopp!" Alles noch mal. Diesmal ist das Licht gut, Barbara hat nur ihren Text vergessen und wir beginnen neu. Als sie am Tisch vorbeiflaniert, bläst ihr ein versteckter Techniker mit der Nebelmaschine versehentlich solch eine Ladung ins Gesicht, dass sie komplett unsichtbar wird und außerdem einen nicht enden wollenden Hustenanfall kriegt. „Was war denn das schon wieder? - Alles auf die Plätze! Und los!" Barbara kann vom *Trockeneis* aus der Nebelmaschine nur noch krächzen, sie schafft es aber immerhin bis zum Bühnenrand, wir spielen brav, aber als sie wieder moderieren will, bricht der Regisseur wieder ab!"

„Leute, so geht das doch nicht! Ich kann die Barbara gar nicht hören, die Band spielt viel zu laut, wir zeichnen doch den *O-Ton* der Moderation hier auf!" - Wir sollen also leiser spielen, geht aber kaum noch, selbst nach der nächsten Klappe ist ihm immer noch alles zu laut.

Barbara wird auch immer ungehaltener, schließlich ist sie es ja hier, um die es geht (!?). „Freunde, so kommen wir nicht zusammen, dann müsst ihr halt nur so tun, als ob ihr spielt, ich will für die Aufzeichnung nichts anderes hören als Barbaras Stimme, nicht wahr Barbara?" „Ja!"

Jazzbewegungen also, dafür hat man dann Musik studiert. Jobs, bei denen man zu einem Playback von CD oder Tonband nur so tut, als ob man spielt, in dem vermeintlichen Glauben, jeder Zuschauer würde denken, dass das, was man gerade spielt auch zu hören ist, sind ja schon schlimm genug; für einen Jazzmusiker sind sie eine Strafe. Aber das hier toppt alles. Bewegungen zu machen ganz ohne dass man was hört, dazu noch eine Tänzerin, die sich eigentlich am rhythmischen Geschehen orientiert, wie sieht das denn aus? Das schlimmste für einen Musiker ist, sein Instrument in Film oder Fernsehen zu sehen und der Ton passt nicht zum Bild. Damit kann man jeden Instrumentalisten foltern.

Ich erinnere mich an einen Fernsehauftritt von „The Police", bei dem die Band auf Anweisung des Regisseurs zum Playback spielen sollte und jegliche Weigerung aussichtslos war, da hat dann Stewart Copeland, der Drummer, seine Trommeln mit den Fellen nach vorne aufgehängt, sodass jeder Blödmann erkennen konnte, dass man so gar nicht spielen kann und hat aus Protest einfach nur in die Luft getrommelt. Das ist wenigstens ehrlich dem Publikum gegenüber.

Wir machen also den genervten Regisseur darauf aufmerksam, dass das so nicht funktioniert. „Wir legen selbstverständlich später bei der Post-Production Musik darunter, dann stimmt 's wieder" „Ja, aber wie sollen wir jetzt wissen, wie wir uns bewegen sollen, wenn wir die Musik gar nicht kennen - und ihr auch nicht" „na gut, dann machen wir jetzt einen Durchlauf nur für den Ton und wir zeichnen die Musik auf, die ihr spielt". Die Sache ist in zehn Minuten erledigt, Roger ist zufrieden. „So, endlich, wir drehen wieder!" Klappe und los. Wir sollen jetzt Scheinbewegungen machen, hören aber nichts außer Barbaras Stimme. Diesmal brechen wir ab. „Wir hören ja nichts" Roger rastet aus: „Natürlich hört ihr nichts, ich will ja nur Barbaras Stimme!" „Gib uns unsere Aufnahme leise auf einen Bühnenlautsprecher, dann können wir dazu Fake-Bewegungen machen oder noch besser, ihr macht das Gelaber in der Post-Production, und wir nehmen jetzt die Band komplett mit Film und Ton auf!"

Jetzt kriegt Barbara einen hysterischen Anfall, muss von Assistenten beruhigt werden „Was bilden die sich denn eigentlich ein wer sie sind?" Wir entgegnen „Entschuldigung, wir sind die Vertreter der Ruhrgebiets-Subkulturszene, um die es hier in diesem Film gehen soll." Doch das Drehbuch steht. Roger versucht, uns zu beruhigen: „Macht euch keine Sorgen um die Synchronität der Bewegungen, die Kamera ist sowieso auf Barbara gerichtet, wenn sie am Bühnenrand sitzt, von Euch sind später im Film bestenfalls die Füße zu sehen!"

Das beruhigt uns. Haha, fast zehn Stunden sind die Protagonisten am Set und erhalten die Nachricht, dass nur die Füße zu sehen sein werden. Das hätte man auch einfacher haben können, zum Beispiel mit einem Fuß-Polaroid-Foto der Band, das wir der Produktionsfirma mit der Post zugeschickt hätten. Prost Post-Production! Wir machen das alberne Spiel mit *Jazzbewegungen* zu Stille dann letztlich doch mit, probier das mal, sieht hinterher aus wie fünf bekiffte Astronauten bei der Mondlandung.

Uns ist klar: In der kanadischen Musik- und Filmszene werden wir niemals Fuß fassen!

*****

Skurrile Situationen entstehen aber nicht nur bei Film und Fernsehen, fast immer, wenn große Kunst auf Geld trifft, wird's absurd. Wenn die Kohle stimmt, kommt Pavarotti (jetzt nicht mehr) auf deine Gartenparty und singt den Holzmichl. Wenn Künstler aus verschiedenen Bereichen aufeinandertreffen, kann das ebenso spannend werden. Es gibt einen Job zu spielen zur Eröffnung einer „Wanderausstellung" von Designermöbeln, alles ganz gediegen, in einem Designermöbelhaus, die Stadt hab ich grad vergessen. Bei Wanderausstellung denke ich immer an festes Schuhwerk, Spazierstöcke, karierte Hemden und Gamsbart-Filzhüte, heißt aber hier natürlich, dass die Exponate nach einer gewissen Zeit an einem anderen Ort ausgestellt werden. In diesem Fall geht die Wanderung nach Barcelona. Ich spiele mit Werner, Peter und Gerry zusammen, wir bekommen einen Spielplatz neben einer improvisierten Sektbar zugewiesen. Klavier, Altsaxofon, Kontrabass und Schlagzeug, Barjazz vom Jazzquartett, ebenfalls gediegen, Kleiderordnung *„als ob was mit Oma wär'"*, also schwarzer Anzug, dazu einen *Propeller* vorm Hals.

Die Ausstellung beeindruckt: viele kunstvoll geschnitzte Möbel mit Intarsien, filigrane, schlanke Glasvitrinen, wirklich hochwertige Handarbeit, aber das Prunkstück der Ausstellung steht gleich vorne im Eingangsbereich: Eine Art Roboter aus Metall mit einem Kugelbauch, der ein bisschen an Wim Thoelkes Ratespiel-Kandidatenkäfige erinnert. Diesen Kugelbauch kann man also öffnen, drinnen ist eine Bar für Whisky und Champagner, exakt gekühlt selbstverständlich, der Kopf der Skulptur besteht aus einer B & O High-End Hifi-Anlage, die Ohren sind die Lautsprecher. Das ganze Metallding steht auf Beinen, sodass man bequem Zugriff hat. Ach, ja, weil's ja Kunst ist, hat der Roboter noch eine Art Blechpimmel unter der Minibar, sieht echt crazy aus. An allen Exponaten kleben Preisschildchen, ausgewiesen in D-Mark, ich finde keinen Betrag, der nicht mindestens fünfstellig ist. Aus irgendeinem Grund ist das Motto der Ausstellung „Afrika" und damit es ein bisschen nach einfacher Lehmhütte aussieht, hat man um den Roboter (von hinten und von den Seiten) improvisierte Wände aus groben Baubrettern drapiert, die von der jeweiligen Außenseite durch je eine ca. 20 cm flache, dafür aber 1,85 m hohe Glasvitrine „gehalten" werden...Diese Glasvitrinen stehen auf vier dünnen Metallkegeln wie Stilettos. Supergrob trifft auf superfiligran, sensationell.

Die geladenen Gäste treffen nun nach und nach ein, ein Jaguar folgt dem nächsten, auch ein Rolls Royce ist dabei, alles nur Nobelkarossen auf Hochglanz poliert. Großes Kino. Entsprechend sind auch die Gäste rausgeputzt: Man gibt sich weltmännisch, braungebrannt, Markenhandtäschchen, Kroko, Brilli, die ganze Palette. Küsschen hier, Küsschen da, was macht eure Yacht, habt ihr noch das Chalet in Acapulco?

Kurze Begrüßung durch den Gastgeber, den Chef des Designer-Möbelhauses. Dann verschwinden erst mal alle Gäste in den zweiten Stock, um einen Vortrag anzuhören, der sich mit dem Wert von Kunst befasst. Interessiert schleiche ich hinterher und lerne:

„Wenn Picasso ein Bild malt und ihm danach das Atelier abfackelt, was bekommt er dann von der Versicherung? - Das Geld für die Farbe und die Leinwand, fertig. Was bekommt Picasso, wenn er ein Bild malt, es einmal ausstellt mit Preisschild eine Million DM (damals) und es dann beim Brand vernichtet wird?" - Eine Million DM! Aha, das macht den Wert - zumindest den pekuniären - von Kunst aus, wieder was gelernt.

Nun geht's aber richtig los, ausgelassene Heiterkeit herrscht vor, hier mal zur Sektbar, dort mal ein Pläuschchen mit Herrn Doktor Soundso, Guten Abend, Herr Generaldirektor, wie geht's der werten Gattin; dazu spielt das Jazzquartett smoothe Barmusik (eigentlich ne *Backgroundmucke*, aber diesmal eine der ganz edlen Art). „As Time Goes By", „Stella By Starlight", „The Girl From Ipanema", „Corcovado" kommen gut an, manche Ladies wippen ganz entspannt mit, die Stimmung steigt stetig, der Geräuschpegel auch, ebenso der Alkoholpegel (zumindest bei den Gästen). Ein älterer Herr mit Whiskyglas in der Faust ist ganz hingerissen von den Spielkünsten des Quartetts. Er ringt nach lobenden Worten und lallt uns dann an: „Sensationell meine Herren, sagen Sie, kommen Sie eigentlich irgendwo her, dass

Sie so spielen können?" - worauf der Bassist trocken entgegnet: „Klar, also ich komm grad von zuhause". Der Alte entfernt sich mit einem glasigen Blick und ist glücklich. Man begutachtet die Exponate, noch ein Gläschen Champagner, hey, können denn die Herren Musiker nicht mal was Flottes spielen? Nun herrscht schon reges Treiben, immer wieder nimmt ein aufgekratzter Mittfünfziger die Abkürzung und zwängt sich zwischen Bretterverschlag und Roboter zur Sektbar, um sich mit profanen Erdnüssen vollzustopfen. Das macht er ungefähr alle zwei Minuten, irgendwann fangen auch die ersten Gäste an zu tanzen, die Band spielt jetzt auch mal „Cantaloupe Island" und „Mercy, Mercy, Mercy" in einer etwas groovigeren Version. Ab und zu Kreischen und Gelächter von irgendeiner Dame, deren Gesichtshaut exakt in Farbton und Oberfläche aussieht, wie ihre dunkelbraune Louis Vuitton Lederhandtasche.

Nun kommt der Erdnuss-Stopfer wieder, und endlich hat er's geschafft: Er zwängt sich wieder durch die winzige Lücke zwischen Bauzaun und Roboter und reißt eine aufgestellte Holzwand komplett um, einschließlich der dahinter befindlichen Glasvitrine.

Krach! Bum! Klirr! Schepper! Alles liegt voller Scherben und Holz. Die Vitrine ist hin. Einige Ladies schreien hysterisch, agile Machertypen eilen sofort herbei und stellen die Wand wieder auf, der Hausherr zückt sofort einen Fotoapparat und macht Fotos für die Versicherung. Als alle Scherben zusammengekehrt sind, spielen wir weiter, alles geht seinen gewohnten Lauf, es wird nun eifrig getanzt; weil man ja so locker ist, gibt's aber keine Gesellschaftstänze, sondern eher zum Alkoholpegel und dem Ausstellungsmotto passendes improvisiertes (pseudo)afrikanisches Freestyle-Gezappel. Der Deko-Holzboden in der Bude wackelt schon wieder wie bei einem Erbeben.

Einer tanzt nicht, der holt sich lieber erst mal ein paar Erdnüsse. Rums! Die zweite Bretterwand kippt (die Wände sind aus mir nicht weiter bekannten Gründen auch nicht irgendwie fixiert, sondern lehnen nur seitlich aneinander). Wieder Scherben, großes Gezeter bei den Damen, Fassungslosigkeit bei den Herren. Nun ist es aber an der Zeit, mal nach den Schuldigen zu suchen. Große Diskussion, aber man ist sich einig: Die Band hat zu tanzbar gespielt, hätte man nicht tanzen müssen, wär' auch nichts umgefallen!

Wir sind sprachlos, alle laufen durcheinander, ein total besoffener Geschäftsmann versucht, die Situation zu retten und erst mal den Ursprung des Übels zu beseitigen. Er hat sich einen ausgewachsenen Zimmermannshammer besorgt und versucht nun, von der Innenseite des Bretterverschlags selbigen mit großen Nägeln zu befestigen (einer muss ja jetzt handeln!). Wir beobachten das Ganze von der Außenseite und sehen, wie die letzte verbliebene Glasvitrine bei jedem Hammerschlag bedrohlich schwankt, bis schließlich alle drei Wände zusammenbrechen, die Glasvitrine mitreißen und außerdem jetzt zum Finale furioso auch noch das Prunkstück der Ausstellung, den Eisschrank-Hifi-Roboter, mit ins Verderben stürzt.

Geräusche von splitterndem Glas, knirschendem Holz, Schreie von ausgewachsenen Kerlen, verzweifeltes Wimmern von Frauen erinnern eher an die apokalyptische Geräuschkulisse in einem Kriegsgebiet bei Bombenalarm. Perfekte Dramaturgie. Einen Moment lang ist es dann still, der Roboter liegt auf dem Gesicht, der Blechpimmel ist total verbogen, ebenso die Lautsprecher-„Ohren". Wieder klicken sofort Kameras, das muss die Versicherung doch alles genau dokumentiert haben! Der Aussteller bricht die Veranstaltung ab, schickt alle nach Hause, die ersten Taxis ins Nobelhotel werden geordert, quietschende Jaguarreifen sind zu hören, der Rolls Royce-Motor heult draußen auf. Auch wir packen ein. Wie in einem echten Hollywood-Streifen sitzt am Ende der Hausherr mit geöffnetem Hemdkragen und lose umgehängter Krawatte auf den Eingangsstufen zu seinem Anwesen, ein Glas Whisky in der Hand und weint. Zum Glück wird die Diskussion um die Tanzbarkeit der dargebotenen Musik nicht weiter vertieft, es sind ja inzwischen alle geflüchtet. Die Musiker sind die letzten.

Der Aussteller sagt noch in sein Whiskyglas: „Schade, das war's dann wohl mit der Wanderausstellung". Gerne hätte ich die Trümmer des Blechroboters mitgenommen, aber das hätte das Packvolumen meines Fiat Uno überfordert. Noch Jahre später finde ich Reste von Glassplittern in meinen Schlagzeugkoffern. Was die wohl für einen Wert haben?

Top Twenty Sprüche von Musikern

1. "Wo steht denn das *Catering*?" (notwendige Frage nach fünf Stunden Anreise)

2. "Wie viel gibt's denn eigentlich heute?" (Geldfrage, wird entweder nie richtig abgesprochen oder immer wieder vergessen)

3. "Können wir nicht durchspielen und die Pause weglassen?" (Wenn ein Musiker es eilig hat und nachher noch einen zweiten Job spielen muss)

4. "Ich brauch mehr Bassdrum auf dem *Monitor*!" (Standardspruch von Rockdrummern)

5. "Kann ich mehr Gesangs-Hall auf den Bühnen*monitor* haben?" (Standardspruch von Sängerinnen)

6. "Wir müssen unbedingt mal was zusammen machen!" (Kurzfristiger Begeisterungsausbruch bei Gefallen)

7. "Dein letztes Solo war super!" (glatt gelogen)

8. "Da könnte man doch 'ne Band draus machen!" (noch eine Band, die keiner bezahlen will)

9. "*Catering* hab ich schon gecheckt - gibt keins!" (leider oft wahr)

10. "Das müsste man richtig groß aufziehen!" (Fantastereien von Musikern mit Illusionen)

11. "Damit kriegen wir sie!" (Verzweifelter Versuch, einen Titel rauszusuchen, auf den das Publikum positiv reagiert)

12. "Ich muss doch mal ein anderes Blättchen ausprobieren" (Versuch eines Saxofonisten, Quietschtöne zu entschuldigen)

13. "Was ist schon ein Halbton unter Freunden?" (ironische Reaktion auf schlechtes Intonieren)

14. "Für Jazz reicht's!" (Heißt eigentlich: "Du musst noch mal stimmen!")

15. "Oh, die Sängerin war aber nett" (Antwort auf die Frage nach den Gesangsqualitäten der Aushilfssängerin, heißt eigentlich: "Wenn die anfängt zu singen, fallen die Fliegen tot von der Wand...")

16. "Was ist der Unterschied zwischen einer Sängerin und einem Klavier? - Ein Viertelton!"

17. "Wasser ist für Vierbeiner, der Mensch, der findet Bier feiner" (Antwort auf die Getränkefrage des Barkeepers)

18. "Geschlafen wird am Monatsende!" (Kommentar eines Mitmusikers auf die Ankündigung bis morgen

um vier spielen, um acht aber schon weiterreisen zu müssen)

19. "Am 17. kann ich nicht, da habe ich schon einen anderen Job!" (heißt manchmal: "Einen zweiten Abend mit dieser talentfreien Sirene überlebe ich nicht!")

20. "Lass uns nicht immer über MICH sprechen - sag mir lieber: Wie fandest DU mein letztes Solo?"

Top Twenty Sprüche von Veranstaltern

1. "Hier können Sie aber nicht Parken!" (fast immer gehört)

2. "Heute regnet es nicht" (kann eigentlich nur der liebe Gott wissen, anscheinend aber außer ihm noch der Open-Air-Veranstalter)

3. "Reicht euch der Platz?" (freche Frage des Veranstalters nach Eintreffen der 7-köpfigen Band beim Betrachten der 2 qm Spielecke)

4. "In unseren Club kommen auch ohne hohe Gagen viele internationale Bands, weil bei uns die Atmosphäre am besten ist" (Standardspruch in fast jedem Jazzclub)

5. "Hatten wir echt Barzahlung ausgemacht? - Hab ich glatt vergessen!" (wird immer vergessen, erst recht bei Jobs für Geldinstitute)

6. "Das Geld ist unterwegs!" (die Frage ist nur, seit wann und wohin)

7. "Wie - ihr braucht Strom!?" (leicht unbedarft wirkende Frage an eine gebuchte Showband, die mit Lightshow und PA anrückt)

8. "Ihr zieht euch doch sicher noch um vor dem Konzert - oder!?" (Oft panisch gestellte Frage beim ersten Anblick der Künstler nach Eintreffen am Galaspielort)

9. "Könnt ihr nicht mal was für die Leute spielen?" (Versuch eines Veranstalters, die Musiker zu weniger Kunst und zu mehr Hau-Ruck zu bewegen)

10. "Plakatwerbung läuft irgendwie nicht so bei uns" (heißt eigentlich: "Hier liegen noch alle Plakate, die ihr uns geschickt habt, wir hatten nur keinen Bock sie aufzuhängen")

11. "Unser Laden ist immer voll, weil die Stimmung so super ist, mit Gage wird's allerdings schwierig" (Wo bleibt denn dann das ganze Geld, das das Publikum zahlt?)

12. "Ihr könnt bei uns auf Eintritt spielen!" (heißt eigentlich: "Wir haben keinen Bock, uns um die Werbung zu kümmern und ein Veranstalterrisiko zu tragen")

13. "Ich hab eure CD gehört, ihr seid toll, ich muss aber erst mit dem Programmgremium sprechen" (gemeint ist: "Eure Musik funktioniert bei uns im Club gar nicht, ich will dich nur erst mal vom Telefon los werden, das Programmgremium tagt sowieso erst wieder in 2 Jahren")

14. "Ihr seid viel zu gut, ihr hättet viel mehr Zuschauer verdient" (von "gut sein" kann man sich keine Brötchen kaufen, verdient hätten wir mehr Geld)

15. "Gestern war's aber richtig voll?" (Natürlich, wenn bei einem 30-köpfigen Kinderchor sämtliche Erziehungsberechtigte und Verwandte die Minderjährigen bei freiem Eintritt begleiten...)

16. "Ihr kriegt natürlich auch was zu Essen!" (aber nicht vom Buffet, sondern alten *Nährschleim*, der in der Umkleide einzunehmen ist)

17. "Mit Schlagzeug ist eigentlich zu laut bei uns!" (Verwechslung des Veranstalters von Schlagzeug und Gitarre, heißt aber auch: "Wir wollen nicht so viel bezahlen/wir haben keinen Platz")

18. "Wunderschön, wie Sie auf dieser goldenen Klarinette spielen!" (Jazzclubveranstalter, der noch nie im Leben ein Sopransaxofon gesehen hat)

19. "Jungs, könntet ihr ein bisschen leiser spielen?" (heißt eigentlich: "Ihr seid die komplette Fehlbuchung, nur soll's am besten keiner hören!")

20. "Ihr habt tolle Anzüge an!" (gemeint ist: "Ich habe von Musik eigentlich überhaupt keine Ahnung und es ist mir auch egal!")

Unterwegs

Ein freischaffender Musiker ist auf der Autobahn zuhause. Irgendwann hat er sämtliche Musik-Kneipen in seiner Heimatstadt beschallt und immer noch nicht genug Geld verdient, um die Miete zu bezahlen, daher muss er oft kreuz und quer durch die Republik reisen und Konzerte an verschiedenen Orten spielen. Das ist zwar anstrengend und bei den heutigen Spritpreisen auch teuer, aber auch sehr interessant, besonders, wenn man eine weite Reise unternimmt, zum Beispiel ins Ausland. Andere Länder, andere Sitten.

Eine „Klassenfahrt" stellt daher immer besondere Anforderungen an Mensch und Material und will gut geplant sein. Ein treuer Begleiter auf den Knien des reisenden Freelancers war viele Jahre lang der Shell-Atlas, irgendwann total zerfranst und die besten Seiten bereits herausgerissen, hat er doch viele auswärtige Konzerte erst ermöglicht. Heute ist er nach dem berechtigten Einzug von Navigationsgerätschaften in die Wohnung des Musikers (dem Auto) ein bisschen in Vergessenheit geraten.

Trotz aller sorgfältiger Planungen ist der freischaffende Musiker oft schon auf der Reise genötigt, zu improvisieren. (Übrigens beschränkt sich das Improvisieren auch auf der Bühne keineswegs nur auf gespielten Jazz, sondern beginnt schon im Vorfeld, beispielsweise mit Hauptsicherungen, die mit Silberpapier überbrückt werden müssen oder mit dem

Ändern von Tonarten, weil dem Klavier vor Ort bestimmte Saiten oder sogar Tasten abhanden gekommen sind).

Bei einem auswärtigen Konzert befindet sich der Musiker also meist in einem gewissen Ausnahmezustand, absolute Konzentration und Überblick sind gefragt. So kann es vorkommen (es kam vor!), dass eine Hälfte der Band mit einem Auto von Dortmund Richtung Westen nach Straelen (Niederrhein, Entfernung von Dortmund: 101 Km) fährt, während die andere Hälfte der Band in Richtung Osten nach Strehlen (Brandenburg, Entfernung von Dortmund: 483 Km) fährt. So geschehen in einer Zeit, als das Mobiltelefon noch nicht erfunden war....überflüssig zu erwähnen, dass das Konzert nicht wirklich pünktlich stattfinden konnte.

Besser also, wenn alle Musiker sich in demselben Fahrzeug befinden, optimalerweise die Instrumente und die Verstärkeranlage auch, was hingegen oft Platzprobleme und Unbequemlichkeiten zur Folge hat. Wer möchte schon die Strecke Flensburg - München mit einer 24-Zoll Bassdrum auf dem Schoß abreiten?

Mitte der 1990er Jahre spiele ich bei „Banango". Besetzung: Gitarre, Bass, Schlagzeug, Keyboards, Balafon (eine Art afrikanisches Marimbaphon), Conga, dazu 3 Sänger aus dem Kongo. Wir proben an einem Tag vor einem Festival-*Gig* in der Nähe von Frankfurt und besprechen haarklein, wie wir, um Sprit zu sparen, mit möglichst wenig Autos zum Ziel fahren. Sämtliche Instrumente und natürlich alle Musiker werden organisatorisch auf 3 PKWs (!) aufgeteilt. Wir sind stolz, es gelingt uns, eine Karawane mit nur 3 Autos zu organisieren, jedes Gitarrenkabel hat sein Plätzchen, alles ist durchgeplant. Am nächsten Tag wollen wir uns am Proberaum treffen und um 14 Uhr losfahren.

Der nächste Tag: Um 14:15 Uhr ist die 8-köpfige Partyband noch nicht komplett, es fehlen sämtliche kongolesischen Mitstreiter (vier an der Zahl). Die trudeln so nach und nach bestens gelaunt gegen 16 Uhr am Treffpunkt ein und bringen ca. 25 weitere Familienmitglieder sowie Freunde und Bekannte mit (natürlich alle ohne Auto), großes Hallo und Freude. „So, nun verabschiedet Euch, wir müssen endlich los!" - Ratlosigkeit und Erstaunen bei der afrikanischen Fraktion, selbstverständlich sollen alle Begleiter mitfahren (die 8-köpfige Reisegruppe ist also inzwischen auf die stattliche Zahl von 33 angewachsen) - „Ja, aber, das muss doch gehen, die wollen doch alle mit!" - Nur leider wollen wir nicht mit einer Schlangenmensch-Nummer bei „Wetten-Dass" auftreten, wir wollen einfach nur mit einer Band in drei Fahrzeugen nach Frankfurt. Stunden später gelingt es uns, ein weiteres Fahrzeug aufzutreiben, alles wird noch mal umgeladen, geschoben, gestaucht, ausgepackt, eingepackt, schließlich können wir noch fünf weitere Fans mitnehmen. Wir sind total spät dran, Freitagnachmittags von Schwerte nach Frankfurt ist sowieso der Horror. Kurz vor Siegen stellt einer unserer Sänger fest, dass er seine neue Digitalkamera am Treffpunkt im Trubel der Ereignisse auf einem Mauervorsprung liegengelassen hat, wir müssen noch mal zurück....

*****

1994 steht ein Gastspiel von „Five Secrets" in Ost-Berlin an. „Jazzfront Treptow" heißt der Club. „Five Secrets" spielt nach eigenen Angaben „reale und virtuelle Filmmusik", die Musik klingt oft sphärisch, Klangbilder, zu denen der Film noch abgedreht werden müsste. Die eigentliche Basis ist aber Fusion-Musik. Da die Band sich aus Musikern aus dem Dortmunder und Bremer Raum zusammensetzt, wird oft bei auswärtigen Konzerten am Nachmittag vor Ort geprobt.

So auch heute, wir wollen uns um 17 Uhr in Berlin treffen, fahren um kurz vor 12 in Dortmund los, ich habe Jörn, unseren Bassisten, mit an Bord meines alten Fiat-Uno (der Kilometerstand zeigt 205.000). Tucker, tucker, immer schön die A 2 lang. Es ist natürlich Freitag und elend viel los. Wir brauchen schon zwei Stunden bis Hamm, doch der eigentliche Mega-Stau ist vor Magdeburg. Doch davon wissen wir noch nichts. Da ja demnächst im Osten blühende Landschaften entstehen sollen, wird ordentlich gewerkelt an der Fahrbahndecke, ganz zum Leidwesen von u.a. reisenden Künstlern mit Fernziel und Termin. 100 Kilometer vor Magdeburg stehen wir geschlagene drei Stunden auf der Stelle, bis wir uns schließlich an eine Abfahrt heranarbeiten, von der laut Shell-Atlas eine Alternative Landstraßen-Route bis hinter Magdeburg führt. Wir sind erleichtert, fahren mit 60 über die Landstraße, die immer holpriger wird und nach einer Stunde Fahrt durch abgelegene Dörfer mit Ost-Charme erst zum gepflasterten, dann zum geschotterten und schließlich zum Feldweg mutiert. Erste Zweifel an der Aktualität des Shell-Atlas kommen auf, als der Feldweg jedoch seinem Namen entsprechend in einem Rübenfeld endet, ist die Stimmung eher gedämpft. Das kann unmöglich schon Berlin sein! Wir fahren also den ganzen Weg wieder zurück, werden inzwischen von neugierigen Einheimischen am Rand der Dorfstraße argwöhnisch beäugt und stellen uns nach weiteren zwei Stunden wieder hinten am Magdeburg-Stau auf der Autobahn an.

Inzwischen steht der Uhrzeiger auf der Sieben, an die Probe ist nicht mehr zu denken und in einer Stunde ist Showtime. In so einem Stau hat man viel Zeit zu denken und zu fantasieren, Jörn und ich träumen von einer Karriere als Jazzmusiker, die sich als Rockstars tarnen, mit Spiegelbrille und Langhaarperücke, entsprechenden Attitüden und vertraglich zugesichertem Jim Beam in der Garderobe und acht weiblichen Duschhilfen nach dem Konzert. Die Anreise erfolgt dann natürlich per Flugzeug, quasi über den Stau hinweg, milde den Jazz-Kollegen auf der A 2 hinunter winkend. Im Info steht selbstverständlich, dass wir alle aus der Studioszene von L.A. stammen (übrigens sind viele Veranstalter oft derart hypnotisiert, wenn sie im Programm schreiben können, dass die Musiker aus den USA kommen, dass sie sofort blind (und vor allem taub) ein Engagement zusagen - als wäre die Staatsangehörigkeit entscheidend für das Vorhandensein von musikalischen Fähigkeiten; ähnlich verhält es sich bei Trommlern aus Afrika - jeder Afrikaner hat schließlich den Rhythmus im Blut... (in Japan übrigens unterstellt man vielen deutschen Staatsbürgern, gute Bach-Interpreten zu sein!?). Wenn dann der Veranstalter uns mit der Stretch-Limo am Flughafen abgeholt hat und wir das Hotel verwüstet haben, würde der Gitarrist abends auf der Bühne seine „Flying-V" auspacken und wir würden „Have You Met Miss Jones" intonieren. Sagenhaft!

Doch wir befinden uns seit fast acht Stunden auf der A 2 und sitzen in einem Fiat-Uno, hinter uns das Drumset, eine Bassanlage nebst Instrument und Reisegepäck. Fahrer- und Beifahrersitz sind bis zum Anschlag nach vorne geschoben, die Knie scheuern am Armaturenbrett und die Schneidezähne schlagen bei jeder Bodenwelle auf 's Lenkrad. Da es noch keine Handys gibt, wollen wir von einer Raststätte aus im Club anrufen und unser verspätetes Eintreffen ankündigen. Doch die Raststätten, falls vorhanden, werden gerade in blühende Landschaften umgebaut und sind geschlossen.

Um Punkt 23 Uhr kommen wir aber am Club an; der Osten der Stadt Berlin stellte für uns auch noch mal eine navigatorische Herausforderung dar, knapp acht Gäste sind noch in der Kneipe, ein bisschen missgestimmt ob der Verspätung des Events. Wir bauen sofort auf, ohne Kaffee oder Klo vorher, und legen los, ungeprobtes Zeug zu spielen. Wir haben nichts zu verlieren und so wird es dann doch noch ein beschauliches Konzert in netter Wohnzimmeratmosphäre.

Spät in der Nacht irren wir noch durch Ost-Berlin auf der Suche nach unserem Hotel, das wir dann schließlich ausfindig machen. Wir schlafen ein paar Stunden und sammeln

Kräfte für die Rückfahrt am nächsten Morgen, die uns in sagenhaften neun Stunden (statt elf bei der Hinfahrt) gelingt.

*****

Das Telefon klingelt, Drummer Martin fragt, ob ich ihn bei einem Konzert von „Stu & His Bouncing Balls" (Jump- and Jive-Swing, eine 8-köpfige Band mit Gitarre-Bass-Drums-Piano-Vocals und Gebläse) in Montpellier auf einem Festival vertreten könnte. Kann ich, Abfahrt von Dortmund abends um 19 Uhr mit einem gemieteten Transporter, in dem alle Musiker nebst Instrumenten und Anlage Platz haben sollten (aber natürlich nicht wirklich haben…).

Wir fahren die ganze Nacht zum Freitag durch und wechseln uns alle zwei Stunden am Steuer ab. 1.150 Kilometer. Die Stimmung ist gut, alle freuen sich auf den *Gig*. Der französischen Sprache halberlei mächtig ist nur die Sängerin. Der eigentliche Auftritt auf dem Rock `n Roll-Festival ist erst am nächsten Abend, wir wollen noch ein bisschen chillen. Ich fahre die letzte Etappe, wir kommen kurz nach Sonnenaufgang in Montpellier an. Sensationelles Licht, diese schöne Stadt im Süden Frankreichs, echt überwältigend. Alle sind sprachlos, wir wollten eigentlich erst mal ins Hotel, einchecken und dann pennen, jetzt aber sind wir uns einig: Dieses schöne Ambiente und diese Morgenstimmung muss man genießen.

Gegen sechs Uhr kommen wir in der Innenstadt an, totales Berufsverkehrs-Chaos, wohin jetzt mit dem Transporter? -

Da, fahr da runter, da ist eine Tiefgarage. Die besten Autofahrer- und Routentipps kommen übrigens meistens von Kollegen, die noch nicht mal einen Führerschein besitzen. Ich reihe mich ein in die endlose Schlange, in der die französischen Büro-Frühaufsteher und die Jazz-Nachtfahrer auf einer schmalen, endlosen einspurigen Betonrampe in die Tiefe geleitet werden, natürlich im Schritttempo. Morgendliches Stopp & Go mit viel Gehupe.

In den Tiefen angekommen, begrüßt uns ein fröhliches Schild: „Max 1,85 Meter". Wir haben natürlich eine Höhe von zwei Metern und zehn, was jetzt? - Ungefähr 75 Autos hupen hinter uns, aber es führt kein Weg dran vorbei, alle müssen rückwärts wieder raus. Irgendwie kriegen wir auch das hin, wenn auch unter großen Protesten der ortsansässigen Berufstätigen.

Nachdem wir bis nachmittags die Stadt unter die Lupe genommen und jeder geschätzte 10 Milchkaffees getrunken hat, beschließen wir, zunächst das Festivalgelände zu suchen und danach zum Hotel zu fahren, um uns auf den *Gig* vorzubereiten. Das Festival findet etwas außerhalb von Montpellier auf einer Art Bauernhof statt. Wir laden unsere Anlage aus und fahren wieder zurück, um im Hotel einzuchecken. Eigentlich liegen nur ca. 15 Minuten Fahrzeit zwischen dem Spielort und unserer Absteige. Wir orientieren uns an einem großen Baumarkt, von dessen Außengelände riesige schwarze Kunststoff-Gartenteich-Formschalen an den Zaun gelehnt in den Himmel ragen. Unser Nicht-Führerschein-Navigator mahnt uns immer wieder, diese Stelle als Orientierungspunkt zu merken, direkt am Stadtring. Das Hotel ist schwierig zu finden, es ist nämlich als solches gar nicht zu erkennen, entpuppt sich als schäbige, laute Absteige mit Dusche und Klo auf dem Flur. Wir fallen erst mal erschöpft in die verwanzten Betten und wachen so gegen neun Uhr abends wieder auf. So - jetzt aber los, um zehn soll gespielt werden, schadet ja nicht, ein bisschen früher da zu sein und die Vorband noch zu prüfen, wir sind ja in einem Viertelstündchen da.

Wir fahren also los und finden den Gartenteich-Baumarkt, biegen wie geplant nach rechts ab und - landen wieder in der Innenstadt, verfranzen uns heillos, bis wir erneut am Baumarkt vorbeikommen. Jetzt also mal links abbiegen. Erneut verstricken wir uns im Einbahnstraßengewirr und geraten irgendwo außerhalb ins Nirwana, nichts hat auch nur entfernt Ähnlichkeit mit einem Festivalgelände für Jump & Jive - Musik. Nach ungefähr zwei Stunden heftigster Diskussionen um Baumarkt-Orientierungshilfen und links oder rechts abbiegen, stellen wir fest, dass sowohl an der Nordseite des Stadtrings als auch an der Südseite jeweils eine Filiale des Gartenteich-Geschäfts - natürlich mit identischer Dekor und Ausstattung - ansässig ist.

Gegen Mitternacht kommen wir dann total genervt auf dem Bauernhof an, staunen ein bisschen, der Veranstalter hatte uns noch gar nicht vermisst. Auf der Bühne steht gerade eine Band, die in brutaler Lautstärke unidentifizierbare Geräusche produziert, die Sängerin im Petticoat ist total besoffen und brüllt nur noch unverständliche Wortfetzen ins Mikrofon, das Publikum ist vollkommen entzückt und nicht weniger betrunken, eigentlich herrscht hier so was wie totales Chaos, aber alle sind gut drauf.

Wir wollen auch gut drauf sein, sind aber hundemüde und müssen noch bis halb vier morgens warten, dann ist die Bühne frei für uns. Jetzt aber werden wir vom französischen Veranstalter mit den unvergesslichen Worten angekündigt: „Et voilá, medames et monsieurs, Röck du Röll!" An die folgenden drei Stunden Rock n' Roll-Show habe ich leider keinerlei Erinnerung mehr. Gegen acht Uhr morgens kommen wir irgendwie wieder in der Absteige an, fallen direkt ins Koma und werden pünktlich um neun von einer hyperaktiven und hysterisch herumschreienden Putzfrau aus den Betten geworfen, sie schreit so laut, scheinbar ohne Luft holen zu müssen und beschimpft uns nach allen Regeln der Kunst in einer Sprache, die wir leider überhaupt nicht zuordnen können (Französisch geht nämlich anders). Tatsache ist wohl, dass wir auf der Stelle die Lokalität verlassen müssen, an Schlaf ist eh bei dem Krach nicht zu denken. Da die Putz-Sirene keine Ruhe gibt, steigen wir ins Auto und beschließen, weiter bis zur spanischen Grenze zu fahren. Auf dem Weg ignorieren wir sämtliche Hinweisschilder und Orientierungspunkte wie auffällige Baumarkt-Außengelände-Dekorationen und gelangen tatsächlich nach einiger Zeit an einen wunderschönen Strand - ungefähr sechs Kilometer vor der spanischen Grenze. Hier braten wir dann schlafend den ganzen Tag in der

Sonne und begeben uns erst abends wieder auf die Reise nach Dortmund.

Röck du Röll - Frankreich, wir kommen wieder!

*****

Besonders starke Nerven werden dem tourenden Musiker bei Flugreisen mit eigenem Instrument abverlangt. Mal ist es die unerwartete Größe oder das Gewicht des Instruments, das das Abfertigungspersonal überfordert („Was - so groß ist ein Kontrabass - das geht aber nicht!"), mal spielt der Zoll verrückt („Bitte füllen Sie hier aus, wer das Ding gebaut hat und wann und außerdem hier, wie hoch die Herstellungskosten waren"). Dazu kommt erschwerend, dass z.B. ein Trompeter mit nur einem Köfferchen leicht aus dem Schneider ist, als Schlagzeuger jedoch hat man immer etliche Schäfchen beieinander zu halten. Flughafenbürokratie und Security trifft auf Pragmatismus und künstlerisches Denken. In nahezu 40 Jahren als Musiker bin ich noch nicht ein einziges Mal ohne Pannen oder Zwischenfälle mit dem Instrument geflogen.

In diktatorisch geführten Ländern und in politisch schwierigen Regionen ist das Wach- und Kontrollpersonal meist besonders argwöhnisch, oft von der Sorte Ganzkörpertätowierter-150-Kilo-Stiernacken-Proll-Disko-Türsteher mit Erbsengehirn und wegoperiertem emotionalem Zentrum, nur dem Dienst und der Durchsetzung von Vorschriften verpflichtet. Man kann sich vorstellen, dass die Zusammenarbeit mit sensiblen Künstlern und emotional belegtem Instrumentarium eher schwierig ist….

1993 steht eine Konzertreise mit einem 30-köpfigen Blasorchester an, das bei den Stücken der leichten Muse zudem von E-Bass und Drumset begleitet wird. Unsere Flugreise beginnt in Frankfurt/M. und führt uns zunächst nach Schelkowo, einer Partnerstadt von Hemer, in der Nähe von Moskau. Diese Stadt ist eher bekannt durch ihre Nähe zum „Sternenstädtchen", einem ehemals weißen Fleck auf der Landkarte, ein militärisches Sperrgebiet; hier war seinerzeit das Kosmonauten-Trainingszentrum, in dem auch der russische Kosmonauten-Pionier Juri Gagarin einst in der gefürchteten Zentrifuge trainierte. Hier kennt man sich aus mit der Fliegerei. Eine E-Bass-Verstärkeranlage und ein Drumset sind erfahrungsgemäß ziemlich schwer, im krassen Gegensatz zu einem Flötenköfferchen, so beschließen wir, in Frankfurt als Orchester, also als Reisegruppe einzuchecken. Das komplette Gewicht des Equipments wird auf 35 Personen verteilt - ein zusätzliches Entgelt für Übergepäck des Bassisten und Schlagzeugers wird somit nicht fällig. Guter legaler Trick. Wir reisen also in die Gemeinschaft Unabhängiger Staaten ein und bespielen verschiedene Örtlichkeiten, wie zum Beispiel einen großen Platz der Partnerstadt Schelkowo. Ein völlig begeisterter Russe kommt zwischen den *Sets* zu mir und spricht sogar deutsch, er hat in der DDR als Militärmusiker gearbeitet, er freut sich sehr, mal wieder seine Deutschkenntnisse einsetzen zu können und besorgt sofort hinter der nächsten Ecke zwei riesige Zahnputzbecher gefüllt mit vermutlich selbstgemachtem Wodka. Ich habe zwar Angst um den Verlust meines Augenlichts, als ich den ersten Schluck nehme, lasse mich aber von der Herzlichkeit und der Begeisterung der Gastfreundschaft mitreißen. Natürlich kommt sofort Nachschub, an den Rest des Konzerts habe ich keine Erinnerung mehr.

Bei anderer Gelegenheit werden wir vom Bürgermeister empfangen und jeder Musiker erhält ein „Begrüßungsgeld" in Höhe eines durchschnittlichen Monatslohns einer Bürokraft. Wir sind beschämt, dürfen aber nicht ablehnen. Wir erklären, dass wir bei einem Gegenbesuch der Russen diese Art von Gastgeschenk nicht erwidern können, der Bürgermeister hat Schwierigkeiten zu verstehen, dass in Deutschland sein Amtskollege nicht gleichzeitig Chef sämtlicher ortsansässiger Firmen ist und über deren Geld verfügen kann. Später spielt auf einem Empfang eine russische Jazzband Standards, alle spielen auswendig auf einem hohen Niveau mit grottenschlechten Instrumenten. Am meisten verblüfft mich jedoch der Tenorsaxofonist, der original so aussieht, wie *Joe Henderson*, wenn er denn weiß wäre. Zudem spielt er auch noch so. Sensationell.

Die Woche geht schnell rum, alle sind erkältet, wir sind nämlich in einer Kaserne untergebracht, in der sonst Fernfahrer geschult werden. Die Nüchternheit der Einrichtung (Stuhl, Bett, Tisch, Schrank) steht im krassen Gegensatz zur Nüchternheit der Verwalter, zudem ist die Heizung die ganze Woche aus (November in Russland!), ist angeblich schon seit Jahren defekt. Das betrifft natürlich auch die Temperatur des fließenden Wassers. Geduscht (wer es sich traut) wird kalt, aus dem Brauseschlauch bröckelt so was wie „crushed ice". Geheizt wird ausschließlich von innen mit Wodka. Immerhin gibt es dann doch so etwas wie eine Sauna, in der wir uns so oft wie möglich aufwärmen. Ein Highlight ist dann doch noch die Möglichkeit, das Kosmonautentrainings-Zentrum (wenn auch inoffiziell) zu besuchen. Der Ehegatte einer unserer Dolmetscherinnen arbeitet dort. Wir treffen echte Kosmonauten, die schon auf dem Mond waren und sehen uns die riesige Zentrifuge an. Hier werden angehende Raumfahrer auf die Schwerelosigkeit vorbereitet und in einer Art Höllenmaschine mittels Fliehkraft und bis zu 5G so durchgeschüttelt, dass sie nach der Bewusstlosigkeit nicht mal ihren Namen sagen können. Da lässt man sich das Frühstück noch mal durch den Kopf gehen…

Mir wird dann später die große Ehre zuteil, mich an den Schreibtisch von Juri Gagarin (der erste Mann im All) in dessen Büro setzten zu dürfen. Hier ist alles noch so, wie er es vor dem Todesflug in den 60er Jahren verlassen hat. Offener Füllfederhalter, verschiedene Dokumente, alles unter einer Glasplatte. Immerhin ist er bis heute so was wie ein Nationalheld.

Der Tag unserer Abreise beginnt (nach der kalten Dusche und dem Wodkafrühstück) damit, dass unser Busfahrer nach dem Losfahren zum Flughafen im Rückspiegel beobachtet, wie einer unserer Posaunisten mit Hang zu einer gewissen Zerstreutheit und Verspätung, mit Posaunenkoffer in der einen und Reisetasche in der anderen Hand hinter dem Bus her rennt, gerade noch mal gutgegangen. Am Flughafen haben wir dann noch viel Zeit, es ist noch ruhig hier, nicht viel los. Wir zerstreuen uns und schlagen irgendwie die Zeit tot. Irgendwann füllt sich die Abfertigungshalle nach und nach, ohne dass wir es merken. Aus allen Richtungen kommen Reisende, alles wird schnell unübersichtlich. Hannes, der Bassist und ich schieben riesige Trolleys mit Bassanlage und Drumset vor uns her. Die anderen sind schon über alle Berge, sind so nach und nach durch den Check-In und die Gepäckaufgabe und Passkontrolle, jetzt müssen wir dringend den Anschluss halten.

Die Dame am Check-In (eher der Typ Walküre, genau das Gegenteil der hübschen Stewardessen von Aeroflott) sagt uns trocken: „You have got to pay!" Wie - „Pay"? - Wir gehören doch zu dem Orchester! In Frankfurt haben wir doch auch zusammen eingecheckt und das Gewicht auf das Orchester verteilt! Leider weiß sie nichts von einem Orchester und hat auch nicht gesehen, wie 15 Minuten vor uns ungefähr 33 Musiker mit Blasinstrumentenköfferchen eingecheckt haben. „Njet, You have got to pay!" Wir sollen also jetzt 400 US-Dollar berappen, damit wir unsere Instrumente wieder mit nach Hause nehmen können. Da niemand sonst aus dem Orchester in Sicht ist und die eiserne Lady mit eiserner Mine insistiert, beginnen wir, unsere Taschen zu durchforsten

„Hast Du noch Geld?" „Ich hab noch ein Bündel Rubel" Wir halten der Walküre die Scheine vor die Nase, sie blickt uns aber nur verächtlich an und schickt uns zu einer anderen Matrone, die leider auch fast am entgegengesetzten Ende des Flughafens residiert, aber im Besitz eines Taschenrechners ist, mit dem sie nach 5 Minuten Umrechnungszeit zu einem Ergebnis kommt, das sie auf einen kleinen Zettel schreibt und uns damit wieder zum Check-In schickt:

„Njet!" Das Bündel mit Rubel entspricht leider nur ca. 75 US-Dollar, was schon viel ist. Wir sind verzweifelt, ich höre aber im Hintergrund, wie unsere Maschine die Turbinen schon mal warmlaufen lässt. Hannes kramt noch mal alle Taschen durch und findet tatsächlich noch knapp 200 US-Dollar in einer zweiten Geldbörse. Die Walküre lässt aber nicht mit sich reden, sondern schickt uns, wie das übliche Verfahren vorschreibt, erst mal wieder zur Kollegin mit dem Taschenrechner. Wir durchqueren wieder mit unseren riesigen Trolleys (schließlich lässt man sein Instrument ja nicht unbeaufsichtigt) die Abfertigungshalle, in der sich inzwischen tausende Menschen drängeln wie in einem Ameisenhaufen. Miss Taschenrechner schüttelt aber wieder den Kopf. Plötzlich fällt mir ein, dass ich vor meiner Abreise nach Russland bei einem *Job* in Deutschland Bargeld bekommen hatte und dieses in den Snaredrum-Koffer gelegt hatte. Also alles ausgepackt und siehe da - 200 DM kommen zum Vorschein. Zeitgleich hören wir den letzten Aufruf für unseren Rückflug. Die Lady mit dem Taschenrechner hat inzwischen Schweißperlen auf ihrer faltigen fetten Stirn, muss jetzt also drei Währungen zusammenrechnen. Sie hat trotzdem völlig die Ruhe weg.

Nach gefühlten zehn Minuten Rechenzeit gibt es wieder den Dienstzettel (natürlich auf kyrillisch, für uns unlesbar) und wir hoffen, dass es jetzt reicht, über die Lautsprecheranlage werden wir nämlich inzwischen als vermisst gemeldet, erstaunlicherweise auch der Posaunist, der am Morgen schon fast den Bus verpasst hatte. Es kommt, wie es kommen muss: „Njet!" Die Turbinen unseres Fliegers sind nun deutlich zu hören und mahnen uns zur Eile. Es fehlen nun sage und schreibe ganze 40 DM, ohne die wir unsere geliebte Heimat nie wieder sehen werden und wir den Rest unserer Tage unser trockenes Brot als bettelnde Flughafen-Musiker in Russland verdienen müssen.

Da entdeckt Hannes den vermissten Posaunisten, der zwar inzwischen die Passkontrolle hinter sich hat, aber in aller Seelenruhe spazieren geht. Wir beugen uns über die Sicherheits-Trennwand und rufen: „Hey, Christian, was machst Du noch hier? Hast Du noch Geld? Wir brauchen dringend noch Geld!" Christian ist der Meinung, wir würden eine Stunde später fliegen, er hat seine Uhr nicht umgestellt... „Ich hab auch kein Geld mehr" Er kramt in seiner Hosentasche. „Nur noch 40 DM!"

Der Retter. Unbeabsichtigter Beistand in höchster Not. Garant für ein weiteres Leben mit heißer Dusche und Krombacher statt Wodka. Er lebe hoch! Schnell reicht er uns die Kohle über die Balustrade und wir hetzen ein letztes Mal zwi-

schen der Taschenrechner-Frau und der Check-In Lady hin-
und her. Als wir unseren Zettel und die Kohle abgeben, nickt
sie kurz, tut aber ansonsten so, als hätte sie uns nie im Leben
gesehen. Wir geben unsere Instrumente ab und begeben uns
durch die Passkontrolle, werden aber am Gate von drei
Security-Uniformierten abgefangen, in einen separaten Raum
gebracht (interessanterweise mit direktem Blick durchs Fenster auf das Rollfeld, auf dem unsere Maschine wartet). Hier
werden wir noch mal zur Strafe richtig vorgeführt: Jacke aus,
Schuhe aus, Hose aus, Gürtel raus. Alles wird untersucht,
unser Posaunistenfreund sieht mit Jeans, T-Shirt und Base-
ball-Cap aber auch eigentlich aus, wie ein amerikanischer
Baseball-Spieler, er wird besonders rangenommen. Da fällt
mir ein, dass ich gerade in meiner Reisetasche, gut gepolstert
inmitten der Klamotten vier Flaschen Wodka schmuggle,
aber ausgerechnet meine Tasche wird nicht kontrolliert....

Endlich betreten wir den Flieger, zum ersten Mal in unserem Leben werden Hannes und ich beim Einsteigen mit
Standing Ovations und anhaltendem Applaus begrüßt.

*****

Probleme bei der Ausreise aus einem anderen Land gibt es
also auch. Viel häufiger aber tauchen Schwierigkeiten bei der
Einreise in ein fremdes Land auf, besonders, wenn der/die
Reisende(n) Gerätschaften wie z.B. Musikinstrumente mit
sich führt. Hat dann dieses Musikinstrument nicht das typische äußere Erscheinungsbild wie z.B. eine Wandergitarre
oder ein Standard-Keyboard, sind der Zoll oder die Beamten

der Einreisebehörde häufig überfordert, der Künstler wird argwöhnisch befragt und des Schmuggelns von Bauteilen für Waffen verdächtigt.

So werde ich im Jahre 2000 bei der Einreise nach Israel am Flughafen Tel Aviv von einer (geschätzt) 14-Jährigen in Kampfanzug mit Springerstiefeln und Maschinenpistole aussortiert und „zur Seite gebeten", in einem eisigen Kasernenton schreit sie mich an, ich solle sofort mit meinem Schlagzeugkoffer, in dem sich Stative befinden, zur Sonderkontrolle antreten. Ich bin zunächst irritiert. 14-jährigen Mädchen im Kampfanzug und Kalaschnikow, die mich auch noch grundlos anschreien, würde ich eigentlich das Gewehr abnehmen und die Eltern informieren, aber hierzulande ticken die Uhren wohl anders. So begegne ich der Sache erst mal mit Ironie, was die Stimmung aber nicht wirklich verbessert, sie zeigt keinerlei Gefühlsregung, und fordert sofort per Funk Verstärkung an. Die dann anrückende Sicherheitsarmee in kompletter Gefechtsausrüstung verfügt zumindest über „Mitarbeiter", die bereits volljährig zu sein scheinen, Humor haben sie aber ebenso wenig. Ich werde umstellt und man informiert mich, man habe bei der Durchleuchtung meines Flightcases festgestellt, dass ich Gewehrläufe ins Land schmuggeln will. Das sei ja nun mal verboten und ich deswegen verhaftet. Nach einer längeren Diskussion darf ich den Koffer öffnen, um das Gegenteil zu beweisen, drei Beckenständer, ein Hihat-Stativ, ein Snare-Stativ, ein Drum-Hocker, ein Tom-Tom-Halter, sowie drei Floor-Tom-Beine sind alles, was drin ist. Ich bin froh, niemand hat mir während des Fluges oder der Abfertigung Gewehrläufe untergeschoben. Die Damen und Herren der Sicherheit sind aber nicht zufrieden. Sowas haben sie noch nie gesehen. Sie kennen sich bestens mit Handfeuerwaffen, automatischen Waffen, Bazzookas und Sprengstoffen aller Art aus, aber andere Hobbys haben sie nicht.

Es dauert eine geschlagene Stunde, bis ich weiter darf, ich baue zwei Stative auf, schraube ein 20er Zildjian Dry Light Ride und ein 18er A-Custom Crash drauf und spiele ein bisschen. Irgendwann löst sich der Rambo-Zirkus auf und ich lade mein Drumset in den Bus, der uns zum Hotel bringen soll, ein gewisses Gefühl der Befremdung erschleicht mich, als ich sehe, dass die Fenster im hinteren Bereich durchsiebt sind mit Einschusslöchern in der Größe eines Zwei-Cent-Stücks…

Wir fahren zunächst nach Netanya, einer schönen Stadt am Meer, Israel hat ja auch schöne Seiten. Abends steht ein *Gig* in einer Musik-Kneipe auf dem Programm. Wir bauen auf und spielen einen *Set*. Das jugendliche Publikum ist nett, gut drauf und uns wohlgesonnen. Mitten im *Set* fliegt die Tür auf und vier Teenager (2 Jungs, 2 Mädchen) in Boxershorts und Flip-Flops stürmen herein, JEDE(R) hat ein Schnellfeuergewehr geschultert, wir hören sofort auf zu spielen, ich gehe Schutz suchend hinter dem Drumset in Deckung, einen Überfall von minderjährigen, schwer bewaffneten, wahnsinnigen Amokläufern hatte ich nicht erwartet. Zwischen dem Hihat-

Stativ (kein Gewehrlauf) und dem Snare-Stativ (auch kein Gewehrlauf) blinzle ich ins Halbdunkel der Kneipe: Erstaunlicherweise hat das Publikum den Überfall noch gar nicht registriert. Man müsste sie warnen, damit sie sich in Sicherheit bringen können! Aber es passiert folgendes:

Die „Amokläufer" räumen einen runden Tisch frei und türmen ihre Schnellfeuergewehre zu einer Pyramide auf, dann gehen sie zum Tresen und bestellen Limonade und Erdnüsse.

Wir sind alle vollkommen von den Socken, spielen unser *Set* fertig und erfahren in der Pause von einem der Kids, dass in Israel Jugendliche eine freiwillige 2-jährige Militärausbildung nebenbei machen können und sie in dieser Zeit verpflichtet sind, rund um die Uhr eine Waffe bei sich zu tragen. Wie pervers ist das denn. Nun ist die Situation zwar entschärft, aber richtig relaxed spielen kann ich jetzt auch nicht mehr. Ich hab Angst, dass die MG-Pyramide umfällt und von selbst losgeht..

Später am Abend lerne ich eine hübsche Dunkelhaarige kennen, die unser Konzert angehört hat, ich unterhalte mich mit ihr und frage sie nach ihren Hobbys. Sie antwortet: „Musik, Tanzen, Shoppen - und Waffen!" Ich bin fassungslos. Sie ist erst 15 und fragt mich begeistert, ob ich die Mauser XL-57-B (den echten Namen hab ich natürlich vergessen) kenne, das sei das momentan „leistungsstärkste" Schnellfeuergewehr auf dem Markt....

Ich will nach Hause.

Knapp 14 Tage, nachdem wir wieder in Deutschland sind, erfahre ich in den Nachrichten, dass die Musikkneipe bei einem Anschlag in die Luft geflogen ist, auf den Trümmerbildern erkenne ich den Straßenzug und das Café, vor dem wir noch wenige Tage vorher bei Sonnenschein Limonade getrunken haben.

*****

2003 fliege ich mit dem Peter Materna Quartett nach Minsk. Dort werden wir eine Woche lang im Kulturaustausch mit dortigen Musikern Konzerte im Theater und der Musikakademie spielen. Minsk ist eine Partnerstadt von Bonn, hat ungefähr 2 Millionen Einwohner, keinen Jazzclub, wird diktatorisch regiert und hat einen baufälligen Flughafen. Mit uns fliegen auch noch einige Mitglieder des Bonner Beethoven-Orchesters, die mit historischen Instrumenten Alte Musik spielen wollen. Der Hinflug und sogar die Landung gelingen auf Anhieb, dann beginnt die schwierige Prozedur der Einreiseformalitäten-Bewältigung.

Da in Diktaturen die Angst vor eingeschmuggelten Waffen durch Rebellen besonders groß ist, ist es hier üblich, das Gepäck der Einreisenden nicht nur beim Ausladen aus dem Flieger, sondern auch bei der Abgabe an die Eigentümer noch mal in deren Anwesenheit zu durchleuchten. Hier sind die veralteten Förderbänder mit den aufgesetzten, X-Ray-Kästen deutlich schmaler als sonst wo auf der Welt. Ich habe als

Handgepäck einen 22 Zoll großen Beckenkoffer dabei, der aber zu breit ist, um durch den Röntgenapparat geschoben zu werden. So nehme ich einfach das Case und gehe damit an dem Apparat vorbei, ohne dass jemand sich weiter dafür interessiert. Komisch, die Kollegen vom Beethoven-Orchester werden total auseinander genommen: Einer hat eine Naturtrompete dabei, bestehend aus drei ca. 40 cm langen Messingröhren sowie einem Messingtrichter, das Ganze in Einzelteilen in einem Koffer verstaut.

„Aufmachen, sofort!" Dem armen Künstler wird natürlich der Schmuggel von Gewehrläufen vorgeworfen, als er dann sagt: „Aber nein, das ist eine Trompete!", lachen die Grenzer nur beiläufig: „Njet! Wissen wir doch, wie eine Trompete aussieht - kann man schießen mit diesem Ding hier!" Nix zu machen, alle Erklärungsversuche bringen uns nicht weiter. Einer Cellistin wird abverlangt, Herstellungsdatum, Materialwert, Hersteller, Herstellungsort ihres Instruments anzugeben, mittels Taschenlampen versuchen die weißrussischen Zöllner durch das F-Loch zu leuchten und das innen im Korpus angeklebte Label zu entschlüsseln.

Da alle einreisenden Musiker als Gruppe behandelt werden, kommt keiner weiter, der einzige, der nicht kontrolliert wird, obwohl er einen ganzen Beckenkoffer voll Plastiksprengstoff dabei haben könnte, bin ich. Ich drücke den gelangweilten Zöllnern ein paar Aufkleber von Pearl und Zildjian in die Hand (ein Tipp, den ich vor Reisebeginn von einem Kollegen gelernt habe, die Russen stehen sehr auf Buttons, Orden, Sticker, Aufkleber), sie strahlen und bedanken sich, dann bin ich durch. Wie durch Geisterhand löst sich dann plötzlich die ganze Kontroll-Schikane auf und ohne erkennbares Ergebnis dürfen plötzlich alle einreisen....

Das Jazzquartett bekommt zwei Damen von der Kulturbehörde zugewiesen, eine ist um die 60, eiskalt und knallhart regimetreu, sie bewacht uns, getarnt als Reiseführerin, die andere ist eine attraktive 20-jährige Studentin, sie ist cool und würde uns am liebsten nach Deutschland begleiten. Wir müssen Busrundreisen über uns ergehen lassen, bei denen wir als Highlight der Minsker Stadtrundreise von außen im Vorbeifahren "das Haus der Mutter unseres geliebten Präsidenten" ansehen dürfen-müssen. Sensationell. Ein Haus! Mit Türen und Fenstern!

Immerhin sind wir im ersten Hotel der Stadt untergebracht, auf jedem Stockwerk wacht rund um die Uhr eine strenge Matruschka und passt auf, dass niemand fremde Leute mit aufs Zimmer nimmt. Zum Frühstück gibt es jeden Morgen frittierten Fisch, der dermaßen im Fett schwimmt, dass man das Ganze mehr als Ölkatastrophe mit Brocken bezeichnen könnte. Die Frage nach einer zweiten Tasse Kaffee stellt das Personal vor eine schier unlösbare Aufgabe: „Ja, das ist eigentlich nicht vorgesehen, ich müsste erst mal mit meinem Vorgesetzten sprechen, der ist aber gerade nicht da, auf dem Plan steht aber etwas anderes..." Herrlich. Ein Musiker ohne Kaffeezufuhr, wie soll das denn gehen.

Wir spielen schließlich ein schönes Konzert am Minsker Musik-Konservatorium, da gibt es immerhin einen Weiß(russisch)en Konzertflügel und ein Yamaha-Drumset, der sogenannte Schlagzeughocker scheint hingegen eher aus dem Fundus eines Gynäkologen zu stammen und macht mir Angst. Ich sitze daher lieber auf einem alten Holzschemel.

Unseren nächsten Auftritt haben wir im Theater. Das Fernsehen ist auch da und macht Interviews und Mitschnitte. Abends nach dem Konzert kommt ein interessierter junger Mann hinter die Bühne und bekundet seine Begeisterung. Es habe ihm gut gefallen, er sei auch Musiker. Sein Englisch ist eher miserabel aber irgendwie können wir kommunizieren. Mein Russisch ist ja auch nicht besser. Wir unterhalten uns eine knappe Viertelstunde, dann fragt er, aus welchem Land wir denn kommen. Ah, Deutschland. Da war er auch schon mal. Er spielt Kontrabass und seine Frau akustische Bassgitarre, sie käm später noch, sie konnte das Konzert leider nicht hören. Ich stutze. Ich frage, wo er denn in Deutschland schon mal gewesen sei und er antwortet: „Wir waren drei Tage da, haben in Köln ein Konzert gespielt und waren dann zwei Tage irgendwo in einem Tonstudio"….

Da klickt's bei mir. „Viktor? Bist Du das!" Er sieht mich an: „Benny, tatsächlich, ist ja schon ungefähr drei Jahre her…" In der Tat, Viktor war mal im Camarillo-Sound-Studio bei mir mit Tom Fronza, einem Didgeridoospieler aus Köln. Zufälle gibt's.

Kurz darauf trifft auch Viktor 's Frau ein, sie ist ebenso verdutzt, schnell werden Wodkagläser organisiert und das Wiedersehen wird gefeiert. Wir sind noch vom deutschen Botschafter zum Essen eingeladen, im einzigen sogenannten Jazzclub in Minsk, da spielt ab und zu ein Trio mit Keyboard, Kontrabass und Gitarre Dinnermusik. Meine spontanen Gäste dürfen auch mit und so wird dann ausgelassen gefeiert.

Irgendwann drängt Viktor und seine Frau mehr oder weniger offensiv, sie würden gerne mit mir draußen um die Ecke eine „Wiedersehens-Pfeife" rauchen, ich lehne mehrmals ab, der Botschafter guckt schon komisch, wir gehen aber dann doch raus und kommen eine halbe Stunde später wieder zurück und kriegen natürlich alle vom Botschafter den Kopf gewaschen, er will ja auch keinen Ärger….

Viele Jahre später lerne ich in Dortmund einen Vibraphonisten aus Minsk kennen, der damals unser Konzert im Konservatorium Minsk gehört hatte und sich sogar noch daran erinnern konnte.

*****

2001 sind wir eingeladen, mit "SubVision", einer elektrischen Band nach Rom zu fliegen und dort ein Konzert in der Galerie für moderne Kunst zu spielen. "SubVision" spielt in der Besetzung Saxofon, Keyboards, Gitarre, Electronic, Bass, Drums und Percussion. Nun, es ist klar, dass man auf einer Flugreise nicht das komplette technische Equipment mitnehmen kann, also schicken wir einen umfangreichen "Tech-

nical Rider" nach Rom und wollen nur mit dem Allernötigsten und Unersetzbaren in den Flieger.

Unser Keyboarder Hans hatte jüngst ein neues Hitech-Keyboard erworben, sein neues Ein und Alles. Sein Baby. Hochsensible Elektronik kombiniert mit einem sensiblen Äußeren. Ein Traum. "Mein neues Keyboard kommt aber nicht in den Gepäckraum, da ist es viel zu kalt, da leidet die Elektronik, außerdem will ich auf keinen Fall, dass die Transportarbeiter das Instrument rumwerfen! Das Keyboard muss mit in den Passagierraum!"

Aus Erfahrung mit früheren Flugreisen und den zu erwartenden Querelen der Fluggesellschaft in Zusammenhang mit dem Transport von musikalischen Gerätschaften ist hier mit Problemen zu rechnen. Also hatte Hans bei der Fluggesellschaft angerufen und sich einige Wochen vorher nach der Sachlage erkundigt. "So ein Keyboard blockiert ja einen kompletten Passagiersitz. Sie benötigen ein zusätzliches Ticket für das Instrument, wie andere Fluggäste auch." So das Statement der Fluggesellschaft.

Nach ungefähr 20 Telefonaten nach Italien hatte es Hans dann tatsächlich geschafft, dem Veranstalter die Notwendigkeit, das Instrument mit in den Passagierraum zu nehmen, zu vermitteln, bis dieser sogar noch Budget für ein zusätzliches Flugticket zur Verfügung stellte. Wahnsinn! Ein Unglaublicher Coup! Alle waren zufrieden.

Endlich kommt der Tag der Abreise. Wir treffen uns am Düsseldorfer Flughafen zum Einchecken. Als ich ankomme mit einer Conga und einem Hardware-Koffer, ist Hans schon in eine hitzige Diskussion am Check-In Schalter verstrickt. Bodenpersonal: "Was ist das denn? - Das muss in den Gepäckraum!" Hans: "Nein, nein, ist alles geklärt, ich hab sogar ein eigenes Ticket für mein Instrument, das ist mein Baby, das nehm' ich mit nach oben!" Bodenpersonal: "Und was soll ich dann auf das Ticket schreiben?" Hans: "Schreiben Sie meinetwegen: Baby Wanning!" - Allgemeines Schmunzeln. Plötzlich taucht der Chefpacker der Fluggesellschaft auf: "Was ist das denn? Das muss in den Gepäckraum!" Hans: "Nein, nein, ist schon alles erledigt, ich nehm 's mit nach oben, ich hab sogar ein eigenes Flugticket! Ich hab mich extra erkundigt!" Langsam schwillt der Hals von Hans an und sein Gesicht wird rot. Die Zeit drängt, wir haben schließlich noch mehr Zeugs einzuchecken. "Hätten wir gewusst, wie sperrig das Ding ist, hätten wir das erst gar nicht zugelassen, ausgeschlossen, das Ding muss schon allein aus Sicherheitsgründen in den Gepäckraum!" "Ja, aber da ist es viel zu kalt, die Elektronik geht kaputt und Sie werfen mein Baby dann bestimmt unkontrolliert rum beim Einpacken, das kenn ich doch!"

So geht die Diskussion noch ungefähr 10 Minuten weiter, bis Hans letztlich total mit den Nerven am Ende einwilligt, weil man uns mit komplettem Flugverbot droht. Als wir dann endlich im Flieger Richtung Rom sitzen, sehen wir zwar nicht, wie das neue Keyboard in den Gepäckraum geladen wird, ich kann aber erkennen, wie meine Trommelkoffer auf einem dieser typischen Gepäckwagen über das Rollfeld zu einer Maschine Richtung Südafrika transportiert werden. Sofort springe ich auf und schreie: "Halt! Stopp! Mein Instrument! Entführung! Ich muss sofort hier raus! Das glaub ich ja jetzt nicht!"

Sofort kommen Stewardessen angerannt und mahnen mich zur Ruhe: "Machen Sie hier bitte nicht so einen Aufstand! Sie können jetzt nicht einfach auf das Rollfeld laufen!" Hektisch wird nun rumtelefoniert, während unsere Turbinen sich schon mal eingrooven. Irgendwann wird mir versichert, alles sei nun gut und es ginge jetzt los. Hans sagt inzwischen gar nichts mehr. Sein "Baby" ist nun doch im eiskalten Gepäckraum untergebracht, die ganze Mühe und das zusätzliche Ticket - alles umsonst.

Endlich können wir beim Landeanflug den Tiber unter uns erkennen. Wir sind nun doch guter Dinge, wir reden Hans ein, dass das Keyboard die Reise ziemlich wahrscheinlich überlebt hat und das wir jetzt erst mal auschecken und ins Hotel fahren, Rotwein trinken und Pizza essen! Rom, wir kommen! Doch es kommt erst mal anders.

Alle Instrumente sind wohlbehalten angekommen, die Band als Reisegruppe wird jedoch erst mal über Flughafenlautsprecher ausgerufen und dringend zum Informationsschalter beordert. Dort werden wir sofort von der Polizei in Empfang genommen.

"Wo haben Sie das Baby?" - Strenge Gesichter bei den italienischen Carabineri. An Bord des Fliegers hatte man festgestellt, dass eine Boarding-Card mit dem Namen "Baby Wanning" übrig war, das Baby war aber nicht aus dem Flugzeug gekommen. Die italienische Polizei geht wohl davon aus, wir hätten das verschollene Kind in 10.000 Metern Höhe aus dem Fenster geworfen oder etwa in der Flugzeugtoilette "entsorgt". Nun werden wir der Entführung, wenn nicht sogar des Menschenhandels bezichtigt.

Zunächst wissen wir gar nicht, was das alles soll, Hans hat längst vergessen, dass die Lady am Check-In in Düsseldorf das überflüssige Ticket mit "Baby-Wanning" betitelt hatte. "Ach so, ja, das ist mein Baby, das war aber unten im Kühlraum, hoffentlich ist es nicht kaputt!" - Große Gesichter bei den Polizisten, die zu allem Leid viel besser italienisch als englisch sprachen, ganz im Gegensatz zu uns. "Porca miseria! Il bambino!" Wir wurden umstellt, gesichert, es wurde wieder hektisch telefoniert. Als dann alles nach einer halben Stunde Gestikulieren, Durcheinanderreden, Telefonieren, Diskutieren, Fluchen und Übersetzen geklärt werden kann, dürfen wir endlich ins Hotel fahren. Dort erfahren wir, dass der Laden überbelegt ist und unsere Saxofonistin Gilda nun umquartiert worden ist in ein Hotel am anderen Ende der Stadt. Für diese Unannehmlichkeit spendiert uns aber das eigentlich gebuchte Hotel erst mal einen guten Roten. Den hatten wir uns aber auch jetzt verdient, es ist heiß, und wir haben den ganzen Stress bewältigt, am nächsten Tag steht uns ein fulminantes Konzert bevor, also lassen wir 's erst mal krachen...

Ordentlich angesäuselt, beschließen wir dann irgendwann, das Gelage in der Hotellobby zu beenden, nachdem wir inzwischen streng beäugt und mehrmals zur Ruhe gebeten werden. Wir gehen also auf unsere Zimmer, Gilda nimmt sich ein Taxi und fährt in ihr Hotel. Nach einer Stunde ruft sie Hans an: "Im Taxi hab ich noch bezahlt, jetzt ist aber plötzlich mein ganzes Geld weg!" Shit! Es gibt wohl nach Einbruch der Dunkelheit auch in Rom besonders hilfsbereite Taxifahrer, die ausländischen Gästen gerne mal beim Geldwechseln helfen....

Der nächste Tag: Wir haben nach dem Frühstück noch Zeit und erkunden bei sengender Sonne die Stadt ein wenig, doch als wir dann zum Soundcheck zur Galerie der modernen Künste kommen, trifft uns der Schlag: Im Innenhof ist eine Bühne aufgebaut worden, viel zu klein für unsere 6-köpfige Band. Wir werden trotzdem erst mal sehr herzlich begrüßt. "Wo ist denn unsere Anlage? - Wir hatten doch einen *Technical Rider* geschickt!" "Ach so, ja, leider haben wir nicht alles genau so bekommen, aber es wird sicher auch so gehen!"

Wir trauen unseren Augen nicht, aus dem erforderlichen 24-Kanal-Mischpult ist plötzlich ein 4-Kanal-Fostex Recorder geworden, ein *Multicore* gibt es gar nicht, der Haustechniker hat einzelne Mikrofonkabel aneinander gesteckt, die - gespannt wie Wäscheleinen in einer Gasse in Palermo - über den Hof hängen und im Eingang des nächsten Gebäudes enden. Dort sitzt er dann mit seinem 4-Kanal Fostex-Spielzeug schön im Schatten.

Ganz im Gegensatz zu uns. Die Bühne im offenen Innenhof ist nämlich weder überdacht, noch sonst irgendwie gegen die Sonneneinstrahlung geschützt. Rom im Juli! Wir sollen nun zwei *Sets* spielen, einen von 12:00 bis 13:00 Uhr, den nächsten von 14:30 bis 15:30 Uhr... Um 12:00 Uhr haben sich dann immerhin ca. 20 Menschen eingefunden, vermutlich Touristen, der schlaue Italiener macht ja sinnvollerweise um diese Zeit wegen der nicht auszuhaltenden Hitze erst mal Siesta. Irgendwie haben wir dann doch noch so etwas wie eine Beschallungsanlage zusammengebaut, elend improvisiert, klanglich eine Katastrophe, wir spielen um unser Leben und schwitzen wie die Stiere, dann ist endlich Pause.

Der Durst ist unerträglich, wir haben aber auf unserer Städteerkundungstour eine lauschige Taverne in unmittelbarer Nachbarschaft entdeckt, in der es sogar Weizenbier gibt! Hier wollen wir uns dann für den zweiten *Set* stärken, wir müssen ja gut sein! Immerhin sind wir für dieses Konzert extra nach Rom geflogen....

Hier endet die Ausführung des Autors, der geneigte Leser möge sich selbst vorstellen, wie der zweite *Set* des Konzerts vonstattenging....

Catering

Essen ist wichtig. Der Mensch muss Nahrung zu sich nehmen, besonders der arbeitende, sonst kann er keine gute Leistung erbringen und ist außerdem missgelaunt. Das gilt auch für Künstler, insbesondere für den freischaffenden Musiker. Nicht umsonst gilt das Sprichwort:

"Essen und Trinken hält Magen und Darm zusammen!"

Also ist es bei Musikern wie bei Gladiatoren: Wer Höchstleistungen der Ausübenden sehen und hören möchte, muss die Gladiatoren vor dem Einzug in die Arena ausreichend mit hochwertigen, gesunden, sättigenden und kräftigenden Speisen und Getränken versorgen, dann wird 's auch was mit der Show. Dieser Tatbestand ist natürlich den ausübenden Künstlern sehr bewusst, vielen Auftraggebern und Veranstaltern dagegen gar nicht. Daher ist oft die erste dringlich gestellte Frage des Musikers nach Eintreffen am Spielort nicht die nach der zu spielenden Titelreihenfolge, Tonart, Stimmung des Klaviers, Bühnenaufbau oder Kleiderordnung, sondern ganz banal: "Wo ist denn hier das *Catering*?", manchmal auch direkt gefolgt von den beiden zweit- und drittwichtigsten Fragen: "Wie lange müssen wir denn spielen?" und "Wie viel *Bakschisch* gibt's denn heute?" Es ist jedoch zu vermeiden, diese drei wichtigsten Fragen direkt nach Eintreffen direkt an den Veranstalter zu richten, da das häufig schon zu Beginn zu gewissen Verstimmungen zwischen Künstler und Veranstalter führt.

Übrigens kommt der Begriff *Catering* nicht, wie man vielleicht meinen könnte, von einem Katergefühl am nächsten Morgen nach Genuss des Musikerbuffets, sondern stammt aus dem englischen und bedeutet so viel wie: " Lebensmittel liefern', ‚jemanden verpflegen' und ist eine Bezeichnung für die professionelle Bereitstellung von Speisen und Getränken als Dienstleistung an einem beliebigen Ort." (Wikipedia)

Wer jetzt denkt, es sei der Normalfall, dass für die Musiker vom Veranstalter ein eigenes Buffet bereitgestellt wird, liegt leider falsch. Gelegentlich dürfen ausführende Künstler, die im Rahmenprogramm auftreten, vom Buffet der Festgesellschaft essen. Der Haken dabei ist aber, dass das Buffet im selben Moment freigegeben wird, in dem die Musiker das Startsignal zum Spielen erhalten. Die Gäste plündern das Buffet, die Musiker spielen dazu. So dürfen die sich dann nach einer Stunde über die Reste und Knochen hermachen...

Besonders schlimm ist es für den Musiker, in Duftweite des warmen Buffets spielen zu müssen, nach einer Anreise zum Spielort von vier Stunden und einer anschließenden Probe von zwei Stunden. Dem Künstler hängen dann oft lange Speichelfäden aus den Mundwinkeln, meist endet das musikalische Programm erst dann, wenn das Buffet gerade abgeräumt wird. Kein Wunder, dass manche Musiker in einigen Fällen gewissen Versuchungen erliegen, um dem drohenden Hungertod zu entgehen.

So ist denn eine gewisse Dixielandband als musikalischer Part bei einem Firmenjubiläum einer großen Firma engagiert.

Klassische Ausgangssituation: Großer Saal, große Bühne mit Rednerpult. Vor der Bühne sitzt die Belegschaft des Betriebs, etwa fünfhundert Leute. Hinter dem Rednerpult verdeckt ein Theatervorhang die Sicht auf den hinteren Teil der Bühne, da hat sich die Band aufgebaut, dahinter, aufwendig dekoriert, das üppige Buffet (noch nicht eröffnet). Peter, der Drummer, hat schon die ganze lange Fahrt nach Frankfurt Kohldampf. Wir bauen sofort auf und proben noch mit einem Zauberer und einem Akrobaten für die Mitternachtsshow, jetzt warten wir hinter dem Vorhang auf den Startschuss, um loszuspielen. Vorne am Rednerpult schwadroniert schon seit fast einer Stunde der Geschäftsführer, powerpointet und erklärt Statistiken, seziert Geschäftsbilanzen, er betet monoton Zahlenkolonnen herunter, gestikuliert und hört sich selbst am liebsten reden, im Gegensatz zur Belegschaft, die ist inzwischen verstummt oder eingeschlafen, nach Hause gehen darf ja noch keiner.

Inzwischen sind wir schon über eine Stunde hinter dem Zeitplan und unsere Mägen hängen auf halb acht, hinter uns das duftende heiße Buffet, das inzwischen kalt zu werden droht, Peter guckt schon ganz apathisch, wir sehen dauernd auf die Uhr und hören durch den geschlossenen Vorhang den Prediger unaufhörlich murmeln. Peter kann nicht mehr. Er steht auf, geht zum Buffet und schaufelt sich einen Riesenteller mit Fleisch, Fisch, Nudeln, Kartoffeln, Beilagen, und Salat zusammen, kaschiert die Lücken auf den Anrichteplatten geschickt mit einem Tortenheber und jongliert mit dem Teller zum Schlagzeug, das in der Bühnenmitte direkt hinter dem Vorhang aufgebaut ist. Dann stellt er den Teller auf die Snaredrum und fängt an zu mampfen.

Von der Portion auf seinem Teller hätte eigentlich die ganze sechsköpfige Band für eine Woche satt werden können, aber Peter ist das egal, ihm ist sowieso schon auf dem Weg zum Schlagzeug die Hälfte der Portion wieder auf den Fußboden gefallen, zudem hat er sich das weiße Hemd total mit Ketchup eingesaut. Irgendwie hat er etwas animalisches an sich. Wir können uns vor Lachen kaum halten, tun es ihm aber gleich und jeder von uns bewaffnet sich mit Besteck und schaufeln nach Herzenslust Köstlichkeiten auf unsere Pappteller. Der Rest wird zusammengeschoben, sodass der Verlust nur mäßig auffällt.

Ich erzähle schnell noch mal die Geschichte, als wir in Russland nach einem Konzert so lange auf das Essen warten mussten und uns der total betrunkene Posaunist Günther so genervt hat. Da hatten wir ihm, als er grade auf 's Klo musste und in der Zeit dann endlich Schälchen mit Feldsalat (leider eins zu wenig) gebracht wurden, seine Portion unter uns aufgeteilt und sein Salatschälchen mit gerupften fleischigen Blättern eines Usambaraveilchens, das vor uns als Tischdekoration stand, präpariert. Er hat es nicht gemerkt und alles aufgegessen, obwohl der Blumentopf mit nur noch einem armseligen kahlen Stiel drin direkt vor ihm stand!

Alle brüllen vor Lachen! Dabei müssen wir aufpassen, dass wir nicht durch den Vorhang gehört werden, aber es ist wie bei Messdienern: Wenn man nicht lachen darf, ist das Unterdrücken am Schwierigsten aber der Spaß am Größten! Wenn man dazu nicht gesehen wird, kann das Ganze schnell infantil entgleisen, besonders mit leerem Magen. Uwe, der Tenorsaxofonist trägt nun Kirschen am Stiel als Ohrdekoration, dazu hat er sich eine lange Karotte in den Mund gesteckt, sieht aus wie ein Schneemann. Der Gitarrist Werner hat sich zwei komplette Baguette-Laser-Schwerter geschnappt und weist gerade mit großen Gesten eine Boeing A 380 ein. Tom, der Bassist, steht nun hinter dem Buffet und hat den obligatorischen Schweinekopf mit Apfel im Maul entdeckt. Er hält sich dieses gruselige Exponat vor 's Gesicht und grunzt uns an, gerade in dem Moment, als unter tosendem Applaus in Blitzgeschwindigkeit der Vorhang aufgeht und der Geschäftsführer, noch mit dem Rücken zu uns, mit einer ausladenden Geste das Buffet freigibt.

Natürlich hat der Chef in diesem Moment auch Musik erwartet, doch statt dessen sieht er, als er sich rumdreht, nur in unsere verdutzten Gesichter, immerhin haben wir uns schon mal Servietten in den Kragen gesteckt, damit unsere Hemden geschont werden. Tom lässt nun langsam den Schweinekopf sin

ken, hält ihn jetzt vor der Brust, das sieht aber auch nicht besser aus. Peter hängt immer noch ein halbes Schnitzel aus dem Mund, mit weit aufgerissenen Augen glotzt er den Geschäftsführer an. Auch im Saal herrscht peinliche Stille, viele unendliche Sekunden lang.

Dann schließt sich der Vorhang wieder, der Chef, inzwischen feuerrot im Gesicht, zwängt sich durch den Schlitz im Vorhang zu uns. Die darauf folgende verbale Explosion des geschäftsführenden Zeremonienmeisters ist legendär und hallt noch lange nach. Am liebsten würde er uns sofort nach Hause schicken, geht aber nicht, weil er natürlich dann keine Band für den Abend hätte und auch der Zauberer ohne Begleitmusik arm dastünde. Unsere Ausrede, wir hätten uns was zu essen von Zuhause mitgebracht, ist schnell entlarvt und wir fangen schuldbewusst an zu Spielen. Der Abend wird grausam lang und an 's Buffet trauen wir uns auch nicht mehr. Also fahren wir nach Dienstschluss gegen 2 Uhr morgens alle mit dem Bandbus zum nächsten Mc Donald 's Drive In und essen uns erst mal richtig satt.

Komisch, die Firma hat zu ihrer nächsten Betriebsfeier im Jahr darauf eine andere Band engagiert. Hoffentlich haben die Jungs vor der Veranstaltung zuhause noch was gegessen...

*****

Einige Jahre später, so um 1997 nehmen wir ein Engagement bei einem Autohersteller an, der in Wolfsburg sitzt und Fahrzeuge für das Volk herstellt. Da es sich um eine weltweit agierende Firma handelt, ist die Festivität entsprechend groß, die europäischen Manager dieser Firma treffen sich zu einer

Tagung und möchten nach Ende derselben abends noch ein Bier trinken.

Damit das auch in gemütlicher Runde stattfinden kann, hat man sich entschlossen, auf dem Testgelände für Prototypen von neuen Automodellen eine Zeltstadt zu errichten, ungefähr von der Größe eines Fußballfeldes, mit schickem Kirschholzboden und roten Teppichen, Springbrunnen, Korbsesseln, Bars, Restaurants, jeder Menge Lakaien und Bediensteten, die Riesentische mit unfassbaren Buffets aufbauen. Dieses Testgelände sieht eigentlich aus wie das Rollfeld eines Flughafens, nur wenige Gebäude sind zu erkennen, alles ist eingezäunt und blickdicht geschützt.

Eine Navi-Adresse für die Anreise verweigert man uns, alles zu geheim, wir werden vom Hotel aus abgeholt und folgen mit unseren Autos einer schwarzen VW-Limousine, die von einem Agentur-Mitarbeiter gefahren wird. Die Durchführung und Organisation einer solche Veranstaltung wird natürlich "outgesourced" und wir haben fast ausschließlich mit Typen einer Event-Agentur zu tun, die aussehen, wie aus dem Bluesbrothers-Film , mit schwarzem Anzug, Sonnenbrille, dazu Walky-Talky-Knopf im Ohr. So fahren wir endlos durch ein Waldgebiet und kommen schließlich an einem großen Stahltor an - so muss wohl der Eingang von Guantanamo aussehen! Mit ernstem, aber auch mitleidigem Blick mustert man unsere alten zerbeulten Autos und weist uns darauf hin, dass wir nur Handys mit auf das Testgelände nehmen dürfen, mit denen man keine Fotos machen kann (das gab's tatsächlich mal!), was durch eine entsprechende Leibesvisitation sichergestellt wird.

Zum Ausladen müssen wir natürlich über das Rollfeld zur Zeltstadt fahren, immerhin darf ich meinen Opel Zafira dahinter parken, er ist ja auch erst sechs Jahre alt. Martin, unser Pianist, fährt schon seit gefühlten zwanzig Jahren einen gebrauchten, vom Vorbesitzer (einem Gemüsehändler) ausrangierten Citroën-Kastenwagen mit fast 400.00 Kilometern auf der Uhr, mit dem er seit Erwerb des Fahrzeugs das Langzeitexperiment durchführt mit dem Thema "Wie verhält sich Blech, Glas und Gummi, wenn man es nie wäscht?" Da die Versuchsphase noch nicht abgeschlossen ist und das Testobjekt entsprechend aussieht, darf er nicht in Sichtweite der Zeltstadt parken, er muss hinter dem allerletzten Geräteschuppen auf dem riesigen Gelände parken. Nach einer halben Stunde Fußmarsch ist er wieder bei uns, hat aber seine *Kutte* im Auto vergessen, er muss noch mal zurück.

Wir werden inzwischen eingewiesen, unser Platz ist dankenswerterweise direkt neben einer Art Strandbar, vor uns ein gigantischer runder Tisch mit turmhoch aufgebautem Gourmet-Buffet. Ananas, Hummer, Krabben, Kaviar, das volle Nobel-Programm.

Der Ohr-Knopf-Checker von der Agentur gibt Anweisung: "Also, wenn die Herren aus der Führungsebene eintreffen, müssen Sie sofort losspielen, bitte niemanden ansprechen, und auf keinen Fall zu laut musizieren! Spielen Sie einfach etwas Gefälliges, wir geben Zeichen, wann es losgeht. Jetzt haben wir ungefähr noch eine halbe Stunde, dann trifft die Wagenkolonne hier ein!"

Wir nicken und machen uns erst mal mit unserem Nachbarn, dem Strandbar-Keeper, bekannt. Wir bestellen vier Pils, doch der Wirt schaut sich suchend um. "Tja, ich weiß nicht, hab ich grad nicht da, vielleicht später, aber Pils gibt es hier eigentlich gar nicht!" Was!? Auf so einer Veranstaltung kein Bier? Das gibt's doch gar nicht! Ich hab sogar schon jemanden mit einem frisch Gezapften hinter einer Ecke verschwinden sehen, das hat er sich bestimmt nicht von Zuhause mitgebracht! Wir stellen den Barkeeper zur Rede, uns kann er schließlich nicht für dumm verkaufen!

Endlich gibt er kleinlaut zu, er habe Anweisung von oben, den Musikern keinen Alkohol zu geben! - Das ist ja wohl die Höhe, Bier ist doch kein Alkohol (in dem Sinne)! Außerdem ist es Mitte Juli und wir sind gefühlte sechs Stunden von Bonn aus nach Wolfsburg gefahren, inklusive Endlosstau! Wir lassen sofort den Agentur-Hiwi kommen und beschweren uns. Der gibt nur kurz zurück: "Kann ich auch nichts machen, Anweisung von oben, aber selbstverständlich dürfen Sie auch etwas essen, der Abend wird schließlich lang!" - Wir lassen uns also beschwichtigen, während der Agent kurz verschwindet. Wahrscheinlich geht er nur Teller holen für uns, kennt man ja. Nach zwanzig Sekunden kommt er zurück und hat vier Plastiktüten mit je zwei alten Brötchen drin, die er uns überreicht. "Aber bitte nur hinter den Kulissen im Küchenbereich verzehren!"

Wir sind sprachlos, so was kriegt man noch nicht mal in der Holzklasse bei Germanwings. Martin bringt seinen Standardspruch "Ich glaube, es ist Zeit, mit Abreise zu drohen!", da wird es plötzlich hektisch, die Bluesbrothers springen durcheinander und fassen sich ans Ohr. Geschäftiges Treiben und wildes Gestikulieren. "Es geht los!!" Martin verschwindet erst mal in den Gang zum Küchenbereich, er muss seine *Kutte* noch anziehen. Dann spielen wir sofort "Girl from Ipanema" und "Corcovado", passend zum vor uns stehenden Buffet-Tisch mit Riesen-Ananas und Hummer. Aber zu sehen ist zunächst niemand. Wir nippen noch mal verzweifelt an unserem stillen Wasser, da kommt schon wieder der Agent "Meine Herren, das ist viel zu laut, sie dürfen die Gäste nicht erschrecken, schließlich soll das hier kein Konzert sein, sondern gepflegte Hintergrundmusik!"

Im nächsten Moment stehen alle Lakaien stramm und setzen ein gezwungenes Willkommens-Lächeln auf. Die Zeltstadt füllt sich langsam mit braungebrannten, grauhaarigen Herren um die Sechzig in Designeranzügen und mit funkelnden Rolex-Armbanduhren. Einige von Ihnen kennt man aus den Fernseh-Nachrichten oder von Fotos aus der "Wirtschaftswoche" und "Focus".

Willige Pinguine halten Tabletts mit Champagner bereit, doch die Topmanager wollen lieber erst mal ein Bier trinken! Der oberste graue Leitwolf kommt auf uns zu und sagt "Super spielen Sie, genau nach meinem Geschmack! Haben Sie denn etwa noch nichts zu Trinken? Kann mal hier jemand sofort...!!"

Keine fünf Sekunden später hat jeder von uns ein Pils in der Hand, wir prosten den europäischen Top-Managern zu und spielen weiter. Nach einer halben Stunde "Money makes the world go round" und "Route 66" kommt der Chef, der Peter heißt und einen ähnlichen Nachnamen hat wie eine klebrige Baumflüssigkeit, wieder zu uns und sagt: "So, jetzt gönnen Sie sich doch erst mal eine Pause, kommen Sie zu uns und essen Sie erst mal was Ordentliches, nehmen Sie sich, was immer Sie möchten!" So setzen wir uns also zu Europas Management-Elite und speisen fürstlich mit den Lenkern der Autoindustrie unseres Kontinents, einmal das ganze kulinarische Programm, bitte. Übrigens nicken uns die Männer mit Knopf im Ohr jetzt freundlich animierend zu, keine Rede mehr von "Pils haben wir hier eigentlich nicht" oder "Verzehren Sie ihre (trockenen Papp-)brötchen bitte nur im Küchenbereich".

Na bitte, geht doch!

*****

Ein hungriger Löwe reagiert in der Regel bei Unstimmigkeiten gereizt, das ist bekannt. Ähnlich ist es auch bei Musikern, ein voller Bauch studiert nicht gern, ein leerer Bauch spielt aber nicht gern. So erinnere ich mich auch an eine *Mucke*, bei der mal wieder das übliche Buffet für die Musiker tabu ist, stattdessen serviert der knauserige Wirt den Künstlern kalte Pommes Frites und ein paniertes graues Schnitzel, das vor altem Fett nur so trieft. Dann erdreistet er sich auch noch und fragt im Vorübergehen: "Na Jungs, schmeckt 's?" - worauf der Bassist trocken antwortet: "Na ja, zum Kacken reicht's!" Da der Wirt aber auch gleichzeitig Veranstalter dieser Festivität ist, sind wir künftig von Verpflichtungen in seinem Hause befreit... Sei's drum - jetzt holen sich andere Musiker seine Salmonellen. Komisch, oft sind es die Bassisten, die die besten Kommentare zur Künstlerverpflegung parat haben.

Wormser Jazzfestival, Mitte August, 35 Grad im Schatten, die Band will in der Pause essen. Neben der Bühne steht ein *Catering*-Zelt mit Bedienung. "Wormser Jazzpfanne" steht auf der Menütafel. Das klingt gut! Das wollen wir. Beim Näherkommen sehen wir im hinteren Bereich des Zeltes auf einem großen Dreibein eine Art Riesen-Wok, kohlebeheizt, dahinter steht in kompletter Kochuniform der Chef-Smutje, ungefähr 200 Kilo schwer, unrasiert, schnaufend und schwitzend wie ein Stier und rührt mit einer Art Bootspaddel in der "Wormser Jazzpfanne". Seine fettigen Haare kleben im Gesicht. Der Arme, die Temperatur an seinem Arbeitsplatz ähnelt wohl der, die Hochofenarbeiter bei Krupp in der Stahlindustrie aushalten müssen. Er gibt alles, aber sein Schweiß tropft unablässig von seiner Stirn in die Pfanne.

Die Dame vom Service erkundigt sich nach unserem Menü-Wunsch. Klaus, der Bassist fragt kurz: "Entschuldigung, ist das da drüben ihr Koch?" - "Ja, wieso?" Klaus trocken:

"Dann hätte ich gerne nur eine Cola - aber nicht aufmachen bitte!!"

*****

Elvin Jones, der große Jazzdrummer hat mal gesagt, er spiele am besten, wenn er hungrig sei, er habe dann das Gefühl, das Spielen sei elementar zum Broterwerb da.

Diese Einstellung können viele Musiker nicht teilen. Im Übrigen hatte ich mal als Vierzehnjähriger bei einem Gastspiel der "*Elvin Jones* Jazzmachine" die Gelegenheit, im Jazzclub am Orte *Backstage* für den großen Meister die bekannten Schmalzstullen zu schmieren, die der "*Henkelmann*" jeden Samstag anbot. Dieses Schmalzbrot wurde extra für den Club von einem Iserlohner Bäcker gebacken, es wurde dann mit Griebenschmalz bestrichen und unfassbar versalzen, damit das durstige Publikum auch den Getränkeumsatz steigert.

Leider wurden auch die ausübenden Musiker von den *Catering*-Schmalzstullen so durstig, dass manchmal die gesammelten Promille-Werte auf der Bühne in den Prozentbereich anstiegen. Lecker war das Brot trotzdem und *Elvin Jones* hat keineswegs gehungert vor dem Konzert.

Das Konzert mit *Elvin Jones* 1979 ist mir in besonderer Weise in Erinnerung geblieben. Mit meiner ersten Bluesband "Railroad" haben wir die Möglichkeit, im "*Henkelmann*" an veranstaltungsfreien Tagen zu proben. Proben darf aber nur jemand, der Clubmitglied ist. Und als Clubmitglied hat man

Pflichten, wie zum Beispiel Thekendienst, Aufsichts- oder Kassendienst. Wenn man einen dieser Dienste verrichtet, hat man natürlich freien Eintritt zu der Veranstaltung. Also erkundige ich mich nach einer Veranstaltung, bei der ein guter Jazzdrummer auftritt.

"*Elvin Jones* kommt mit seiner Band Jazz Machine" heißt es. "Der kann gut trommeln". *Elvin Jones* - kenn ich nicht, denke ich so als Vierzehnjähriger Nachwuchstrommler, aber ich gucke mir das mal an. Ich melde mich also für den Thekendienst und die Musikerbetreuung an, ahne aber nicht, welche weltbekannte Musikerlegende erwartet wird. Elvin kommt also auf mich zu, groß wie ein Baum, dazu ein breites Grinsen, bei dem seine riesigen Zähne gefährlich aus seinem tiefschwarzen Gesicht zu springen scheinen. Aber er mag mich, wir albern *Backstage* in der Küche herum, ich schmiere ihm Schmalzbrote und stelle Getränke bereit, bin gespannt auf das Konzert.

Da während des Konzerts keine Getränke verkauft werden, hat der musikinteressierte Thekendienstler die Möglichkeit, den Auftritt mitzuverfolgen. Ich interessiere mich natürlich besonders für das Bühnengeschehen und bestaune kurz vor Konzertbeginn das Drumset von Elvin, ein Tama-Schlagzeug.

Aber was ist das!? Eine exotische Lady mit unfassbaren High-Heels und langen schwarzen Haaren, die Augen katzenhaft geschminkt, dazu extrem lange Fingernägel, betritt die Bühne, in der Hand hat sie einen riesigen Zimmermannshammer! Hilfe! Sieht das denn keiner?! Diese schräge Person hat ein Attentat vor! Jemand muss sie aufhalten! Die bandeigenen Techniker sind aber unbeeindruckt, sehen noch nicht einmal richtig auf, sie sind noch mit dem Mischpult beschäftigt. Die Frau mit dem Hammer geht von Instrument zu Instrument, legt überall ein Handtuch und eine Getränkeflasche ab und geht schließlich zum Schlagzeug und nagelt mit zwei groben Nägeln und heftigen Schlägen die Bassdrum auf dem Bühnenboden fest. Später erfahre ich, dass Keiko, so heißt die "Attentäterin", die Frau von *Elvin Jones* ist, sie ist gleichzeitig Stagemanagerin und dafür zuständig, dass alles vor Konzertbeginn auf der Bühne am richtigen Platz ist. Das finale Festnageln der Bassdrum gehört zum letzten Check, bei späteren Konzerten werde ich diese Kulthandlung noch öfter erleben.

Dann endlich geht das Konzert los, ich setze mich in die dritte Reihe, Elvin grinst mich an und spielt von der ersten Sekunde an, als ob es kein Morgen gäbe. Die "Jazz Machine" klingt energetisch und rund, allerdings stört mich ein lautes Brummen, das konstant die Musik begleitet. Wieder drehe ich mich zum Techniker um, er tut so, als ob nichts wär, dabei scheint irgend ein 50-Herz-Brummen (vielleicht die Lichtanlage?) permanent den Hörgenuss zu stören.

Doch nach einer Weile stelle ich fest, dass es sich nicht um einen tontechnischen Defekt handelt, sondern um das urwüchsige Knurren und Brummen des Bandleaders *Elvin Jones*, der mit halbgeöffnetem Mund durch seine großen Zahnzwischenräume derart laut animalische Untergrundgeräusche produziert, die trotz seiner lauten Spielweise am Drumset deutlich wahrnehmbar sind! Ein unfassbar erdiges und elementares Konzerterlebnis. Hier beschließe ich, Jazzdrummer zu werden.

Aber schon wenige Wochen davor, nämlich bei meiner Anmeldung im Club, wurde ich durch ein magisches Konzert nachhaltig beeindruckt. Ich fahre also mit meinen Eltern zum Jazzclub, sie müssen mich anmelden, schließlich bin ich erst Vierzehn und darf noch nicht unterschreiben. Aber sie sehen ein, dass die Clubmitgliedschaft Voraussetzung für eine Nutzung als Bandproberaum nötig ist. Ohne zu wissen, wer gerade auf der Bühne steht, betreten wir den "*Henkelmann*" und erledigen den Papierkram an der Kasse am Eingangsbereich.

Infernalische Geräusche und pulsierendes Trommeln dröhnen von der Bühne herüber und sorgen dafür, dass wir uns anschreien müssen, um die Beitrittsformalitäten zu erledigen. Zuständig für diese ekstatische Geräuschkulisse ist "Oriental Wind", die Band des türkischen Schlagzeugers *Okay Temiz*, hier in der gewagten Besetzung: Drumset-Geige-*Zurna*. *Zurna* ist ein Doppelrohrblasinstrument, ähnlich einer Schalmei, trichterförmig und von Skeptikern wegen ihres durchdringenden schnarrenden Tons und der Form als "Kirmeströter" bespöttelt.

Okay spielt auf seinem Drumset, einer Spezialanfertigung, die Trommeln sind nicht aus Holz, sondern alle aus Kupfer und doppelt so lang wie üblich. Deswegen, aber auch wegen Okay's Spielweise, klingen sie auch mindestens doppelt so laut. Der *Zurna*-Spieler spielt mit Zirkularatmung, daher kann er ununterbrochen ewig lange Töne spielen, ähnlich wie bei einem Dudelsack. Die Geige ist elektrisch verstärkt, der Klang ist zudem verzerrt und erinnert eher an den Gitarrensound von Jimi Hendrix.

Der ganze Club ist bis auf den letzten Platz gefüllt und die Luft total stickig, aber das Flair von verbotenen Rauchwaren und Sandelholz-Parfüm überdeckt alles. Dazu dann diese gewaltige Klangwand; meine Mutter lässt sich auf ein Sitzsofa fallen und erduldet den ganzen Zirkus. Nach einer halben Stunde nickt ihr Kopf nach vorne und sie schläft ein. Ich stehe wie paralysiert vor der Bühne und bestaune die Band, die eine solche Intensität rüberbringt, die mich total in ihren Bann zieht.

In der Pause vor dem nächsten *Set* hat Okay in der Küche, die gleichzeitig der *Backstage*-Bereich des Clubs ist, hinter dem Ofen ein kaputtes 26-Zoll (!) Chinabecken entdeckt, das Rüdiger, dem damaligen Drummer der bekannten Iserlohner Bluesband "Pee Wee Bluesgang", gehört. Okay hat sich sofort unsterblich in das Becken verliebt, nimmt es mit raus auf die Bühne und drischt das ganze zweite *Set* mit wachsender Begeisterung fast ausschließlich auf den alten Schrott-Teller ein. Ein klangliches Inferno wie beim Weltuntergang, aber doppelt so laut, dazu Jimi Hendrix im Duett mit den Trompeten von Jericho.

Ich bin total begeistert, ebenso die zahlreichen Clubbesucher, man stelle sich diese Spontaneität mal bei einer *Tanzmu-*

cke auf einer Silberhochzeit vor! Ungefähr 35 Jahre später stehe ich selbst mit Okay auf einer Bühne und erzähle ihm, dass ich ohne sein Charisma bei eben diesem besagten Konzert damals vielleicht gar nicht Profidrummer geworden wäre.

Er lächelt nur.

Total daneben

Es ist tatsächlich so: Manchmal arbeitet das Schicksal vehement gegen den Musiker. Kurz vor Beginn meines Studiums an der Essener Folkwang-Hochschule im Fach Jazz-Drumset hab ich die Gelegenheit, in einem Symphonischen Blasorchester mitzuwirken. Ich spiele kleine Trommel, große Trommel, manchmal auch Kesselpauken. Das ist so anders, als in einer Jazzcombo oder einer Rockband zu spielen, ich lerne dabei viel über das Zusammenspiel in großen Besetzungen und bekomme viel Routine im Blattlesen.

Die Konzerte dieses Laien-Orchesters finden aber nicht in Konzert- oder Opernhäusern statt, sondern eher zünftig auf dem Lande. Im Märkischen Sauerland wird ja noch ausgiebig Schützenfest gefeiert. Dazu braucht man Blasmusik, außerdem für die abendlichen Tanzveranstaltungen eine Showband, für die musikalische Untermalung der Schussgeräusche beim Vogelschießen benötigt man noch eine freiwillige Blasmusikkapelle, deren Mitglieder im Idealfall schon taub sind. Danach sind sie es sowieso.

Für jemanden, der Profimusiker werden will, ist diese Auftragslage eine willkommene Gelegenheit, vielseitig zu spielen und auch ein bisschen Geld zu verdienen. So lande ich dann auch als Drumset-Spieler in der Showband, die mit Gebläse, E-Bass, Keyboards und Gesängen die abendlichen Tanzveranstaltungen musikalisch bedient. Martin, der musikalische Leiter des Ganzen, ist froh, dass er mich so vielseitig einsetzen kann, ich mache ihm aber deutlich, dass das nur auf Orchester und Showband beschränkt ist. Als angehender Zivi, der schon mit 16 Jahren die Kriegsdienstverweigerung testamentiert hat, will ich natürlich nicht in pseudo-militärischer Art mit Trommel vor dem Bauch und Uniform durch die Straßen laufen und Marschmusik spielen. Ausgeschlossen, das geht gar nicht.

Die Geschäfte laufen gut, die Showband spielt bis zu 13 Schützenfeste in einer Saison, heißt, jeweils Freitagabend, Samstagabend und Sonntagabend. Da geht man zwischendurch schon mal auf dem Zahnfleisch. Es ist Sonntagnachmittag, Martin kommt zu mir und sagt: "Benny, nimm dir mal eben die Marschtrommel, wir marschieren hier einmal um den Block und müssen später den großen Zapfenstreich spielen!"

"Hey, Moment mal, ich habe gesagt, keine Trommel vor dem Bauch und nicht marschieren und von Zapfenstreichen hab ich sowieso keine Ahnung!" - Martin bleibt gelassen: "Gerd hat heute keine Zeit, du kannst uns jetzt hier nicht im Stich lassen! Außerdem hab ich schon zugesagt, mit dem Zapfenstreich mach dir keine Sorgen, ich zeig dir alles und geb die Einsätze."

Also habe ich die Wahl zwischen Zähne zusammenbeißen oder die Kollegen trommellos ziehen zu lassen. Nur aus lauter Sorge, die schon teilweise gut angetrunkenen Bläser könnten ohne ihren Taktgeber in Temposchwierigkeiten gelangen, hänge ich mir also die Kleine Trommel um und der Tross aus

Menschen in Jägerskleidung und dirndelähnlichen Gewändern zieht los.

Von wegen einmal um den Block! Es geht raus aus dem Dorf und quer durch Felder, die einzigen Zuschauer/-hörer sind einige Kühe, die wiederkäuend und gelangweilt verwundert zu uns rüberglotzen und sich wohl das Übrige denken. Wir spielen dazu kläglich irgendwelche Schützenliesel- und Vogelwiesenlieder aus den gefürchteten "Querheften", immerhin haben wir schon die ganze Nacht durch Tanzmusik gespielt und morgens ein Platzkonzert mit dem Orchester, beide Auftritte waren mit relativ viel Alkoholkonsum verbunden; es ist Mitte Juli und quälend heiß. Außer mir sind noch einige Bläser dabei, Klarinetten und Posaunen.

Einen Posaunisten haben wir an einer Steigung schon fast abgehängt, er hat sich vorher noch mit einigen Herrengedecken beim englischen Barkeeper erfrischt. "Huntermaster and Truestoner!" soll heißen: "Jägermeister und Warsteiner". Nach dem Motto "Draußen nur Kännchen" gibt es das Warsteiner auch nur in der Halbliter-Portionierung.

Der Arme! Bei gefühlten 55 Grad im Schatten hat er bei dem tiefsten Ton auch noch seinen *Posaunenzug* verloren, er blickt sich hilflos um und fällt dann in ein Gebüsch, wahrscheinlich sucht er dort weiter. Andere Kollegen sind zum Pinkeln im Wald ausgeschert und verlieren dann den Anschluss oder biegen irgendwo falsch ab. Der Rest der Gesellschaft kommt dann irgendwie an einer Wiese an und plötzlich werden alle ganz feierlich und rührselig. Die Schützenbruderschaft stellt sich im Kreis auf und Fackeln werden angezündet. Dann fängt der Oberguru an zu schwafeln und Martin flüstert mir zu: "Jetzt kommt der große Zapfenstreich!" Ich komme mir vor, wie auf einer Kuklux-Klan-Veranstaltung oder zumindest wie auf einem konspirativen Treffen der Försterinnung.

Hier muss man jetzt sagen, dass der große Zapfenstreich beim Militär so was wie Weihnachten und Ostern gleichzeitig darstellt, eine Art höchstfeierliche Zelebration von pathetischen militärischen Sprüchen und musikalischen Fragmenten. Das Allerheiligste eben. Nur sind wir hier nicht beim Militär, sondern auf einem Schützenfest, also einer Dorfparty, aber das sehen die Schützenbrüder hier natürlich anders. Nämlich todernst.

Ich blicke gar nicht durch, mal wird gespielt, aber ohne mich, mal gibt mir Martin einen Einsatz und ich muss für 8 Takte was vom Zettel spielen, dann wird wieder endlos gepredigt. Der Oberste Schützenbruder und Zeremonienmeister guckt schon ganz grimmig zu mir rüber, weil ich anscheinend pietätlos und zu laut frage, wann denn die Show hier beendet ist und ob ich noch was spielen muss. Jetzt sollte man wissen, dass in der klassischen Musik oder in der Militärmusik der Begriff "Solo" - gerade für Schlagzeug - anders definiert wird als zum Beispiel im Jazz. Als "Solo" gilt z.B. in der Militärmusik bereits ein unbegleiteter Schlag auf eine Trommel (Haha!).

Ich will meinen Job ja auch gut zu Ende bringen, als Martin mich in die Rippen knufft und mir zuraunt: "Solo!" Gemeint war hier ein einzelner Schlag auf die Snaredrum mit Signalwirkung, ich halte das aber für diesen feierlichen Anlass als viel zu unspektakulär und freue mich über Martins befreiende Aufforderung.

Sofort lege ich los und greife ganz tief in die Trickkiste, spiele irgendwas zwischen *Buddy Rich* und *Gene Krupa*, totale Spontaneität zwischen Five-Stroke-Roll und Flamadiddles. Selten hatte ich ein so fassungsloses Publikum, alle starren mich groß an, nur den Kühen scheint das alles egal zu sein. Ich bin schon beim dreifachen fortissimo angekommen und habe dabei wohl überhört, dass Martin neben mir schreit: "Hör auf! Hör auf! Hör endlich auf!" Er rammt mir den Ellenbogen in die Rippen und versucht mit der anderen Hand, meine Trommelstöcke festzuhalten.

Dabei fand ich mich eigentlich ganz innovativ, diesen Max-Roach-*Lick* habe ich vorher nie so gut hinbekommen. Der dicke Mann in dem Oberförsteranzug, der die ganze Zeit so wichtig und feierlich geschwafelt hat von Treue und Tradition und dergleichen, hat wohl eine andere Vorstellung von Trommelsolo. Wahrscheinlich geht er geschmacklich eher so in Richtung Lars Ulrich oder so. Er hat plötzlich einen dicken roten Hals und seine Augen scheinen aus dem Kopf hervorzuquellen. Er will mich anschreien, aber ich glaube, es ist ihm zu warm. Er kriegt keinen Piepser raus, Martin nimmt mir die Trommel ab und hängt sie sich selbst um.

Mich beschleicht das Gefühl, dass alle hier Anwesenden sich wohl im Ablauf dieser Veranstaltung besser auskennen als ich. Ich fühle mich ein bisschen als Außenseiter, aber da ich ja jetzt sowieso Trommelverbot habe, ist mir das auch recht. Schließlich habe ich ja vorher gesagt, dass es keinen Sinn macht, mich zu einer solchen Veranstaltung mitzunehmen. Die Gesellschaft tritt irgendwann den Rückweg an, trommeln darf ich auch hier nicht mehr.

Das darf ich erst spät am Abend wieder, als die Showband auf der Schützenzeltbühne zum zwanzigsten Mal "Lambada" spielen muss. Die bösen Blicke der Zapfenstreichgesellschaft sind vergessen, inzwischen sind hier alle so stramm, dass sie mich hinter dem Drumset sowieso nicht mehr erkennen. Später erhalte ich den Beinamen "Der Zapfenstreichschänder"...

Die Showband spielt bis drei Uhr morgens, anschließend abbauen, Lichttraversen schleppen, alles in die Autos packen, nach Hause fahren, alles ausladen. Um fünf liege ich im Bett, muss früh raus, um elf Uhr hab ich einen Termin zur Aufnahmeprüfung in der Jazzabteilung der Kölner Musikhochschule. Da werde ich in der Klavierprüfung an der ersten Bach-Invention scheitern, weil ich den Lambada nicht aus dem Kopf kriege. An dieser Stelle beschließe ich, meine Karriere als Allroundmusiker auf Schützenfesten zu beenden.

*****

1990 ist die Band Beşçay, Pionier des Ethno-Jazz im Ruhrgebiet, als (Sub-)Kulturrepräsentant der Stadt Dortmund mal wieder in der Partnerstadt Leeds zu Gast. Die englischen Freunde sind begeistert, uns wieder zu sehen und haben ein "German Bierfest" organisiert. Das Collosseum sieht aus wie ein Festzelt auf dem Oktoberfest, alles blau-weiß geschmückt, englische Kellner tragen Lederhosen und es gibt "Kraut" und "Wurstl"...lieb gemeint, aber ob die Gastgeber wissen, dass Dortmund gar nicht in Bayern liegt?

Das scheint aber eher nebensächlich zu sein, die Hauptsache ist, das hat man wohl den Medien entnommen, dass viel Fleisch gegessen und noch mehr Alkohol getrunken wird. Eigentlich wollen wir uns ja zurückhalten, immerhin müssen wir morgen Nachmittag ein Konzert im Civic Theatre spielen. Da haben sich nämlich hohe Herren aus Rat und Verwaltung angesagt und man ist gespannt auf den Kulturbeitrag der Musiker aus Dortmund.

Das mit der alkoholischen Zurückhaltung lässt sich leider nicht so ganz konsequent durchhalten, schließlich wollen wir ja unsere Gastgeber nicht enttäuschen, bei der Mühe, die sie sich gegeben haben um für uns das "German Bierfest" zu organisieren. So ist es denn ganz gesellig und ein Fass nach dem anderen wird geleert. Erschwerend kommt hinzu, dass keiner von uns selbst mit dem Auto fahren muss, unser Hotel ist fußläufig keine 10 Minuten entfernt.

Irgendwie scheinen die alkoholischen Getränke hier andere Auswirkungen auf das Sprachzentrum zu haben, um kurz nach Mitternacht kann keiner mehr die Uhr lesen und es klingt so, als ob alle inzwischen Suaheli sprechen. Entsprechend alt sehen wir also am anderen Morgen aus, dabei müssen wir mittags schon zum Theater, der Soundcheck ist für 13 Uhr angesagt. Wir lassen uns also dorthin fahren, unser Gitarrist und Oud-Spieler Yulyus will später kommen, er hat noch eine Verabredung mit einem Hobby-Botaniker, der ihm seine Canabis-Plantage zeigen will, die er auf seinem Miets-haus-Balkon unterhält. Der Soundcheck ist ein bisschen zäh, aber das alt-ehrwürdige Theater mit roten Plüschsitzen hat richtig Stil, wir freuen uns auf das Konzert. Eine Stunde vor Konzertbeginn trudelt dann auch Yulyus ein, er blickt ein bisschen benebelt drein, wir stellen seinen Gitarrenverstärker hinter die Bühne und warten auf unseren Auftritt.

Die Show beginnt, es werden zunächst Reden gehalten und die Partnerschaft der beiden Städte wird gelobt. Wir gehen noch mal vor die Tür, geraucht werden darf schließlich nur draußen. Yulyus ist wohl noch drin, obwohl er ja der Oberraucher ist....naja.

Irgendwann kommt der Inspizient raus und sagt "Hey guys - it's up to you now - showtime!" und schiebt uns hinter die Bühne. Wir hören, wie uns jemand auf der Bühne ansagt, doch wir suchen unseren Saitenkünstler, keine Spur von ihm weit und breit. Von drinnen hören wir Applaus, dann gespannte Ruhe, wir flitzen durch die Garderoben, auf die Empore, durchs Foyer - kein Yulyus.

Ok, dann also ohne ihn. Mist! Da fliegt man extra nach England und dann verschwindet der Gitarrist vor dem Konzert! Ich bin stocksauer. Als wir die Treppe rauf zur Bühne gehen, hört Wim plötzlich lautes Schnarchen. Hinter einer kleinen Holztür gelangt man unter die Bühne, dort sind 600 Holzstühle gelagert, die in der Finsternis ein dichtes Durcheinander von Holzbeinen und Verstrebungen bilden wie im Dschungel. Wir arbeiten uns ungefähr sechs Meter vor und zerren unseren schlafenden Saitenzupfer durch das finstere Dickicht zur Bühnentreppe, der Inspizient schubst uns raus ins Rampenlicht und schiebt den Gitarrenverstärker hinterher.

Gespannte Stille im Saal, bunte Scheinwerfer hängen so tief vor uns, dass wir leider niemanden im Saal sehen können. Ich zähle ein und wir spielen die erste Nummer. Yulyus spielt aus irgendwelchen Gründen noch nicht, er nutzt die ersten zwei Minuten, um sich erst mal eine Kippe zu drehen! Der hat Nerven! Das Publikum ist irgendwie verwirrt und eher - na sagen wir mal - verhalten still.

Ich raunze Yulyus beim Spielen von der Seite an: "Spiel endlich!", doch der wartet erst mal, bis die Nummer zu Ende ist und fängt dann an, eine Steckdose für seinen Amp zu suchen - ich raste fast aus, zähle die nächste Nummer ein, unser feiner Saitenkünstler braucht das ganze zweite Stück, um seine Gitarre aus dem verdammten Koffer zu holen, bei der vierten Nummer fängt er an zu stimmen und geht zu Django rüber: "Hast Du noch 'n Kabel dabei?" Ich muss mich sehr zusammenreißen, mir fällt ein, dass der großartige Trompeter Lee Morgan auf der Bühne (von seiner Frau) erschossen wurde....

Nach der fünften Nummer ruft unser Enfant Terrible uns zu: "Lass uns das doch mal anders spielen, vielleicht mit so 'nem Hendrix Sound!" Er reißt den Volume-Regler am Amp voll auf und ein unglaubliches *Feedback* lässt die historischen Kronleuchter im Foyer vibrieren. Ich will ihn packen und erwürgen und ich will auf der Stelle hier im Boden verschwinden, oder besser nicht, dann lande ich ja ebenfalls im Stuhllager unter der Bühne.

Das Problem regelt sich aber von selbst, als der Conférencier der Veranstaltung, wohl auf Anweisung, die Bühne stürmt, sofort mit großen entschuldigenden Gesten auf das Publikum einredet. Dann packt uns der Inspizient am Kragen und zerrt uns von der Bühne. In der Garderobe brennt mir die Sicherung durch, ich packe den Schläfer, schüttle ihn und brülle ihn an: "Was soll diese Scheiße hier, was fällt Dir ein!" - worauf er nur etwas verpennt entgegnet: "Ach stell Dich mal nicht so an, mach dich mal locker, heute Abend bei der Show läuft alles rund!" "Welche Show? Das war die Show! Und was für eine!" Yulyus wird ein wenig blass im Gesicht und lallt: "Ja, wie jetzt?"

Erst jetzt wird klar, dass er durch sein Nickerchen im Stuhllager in Verbindung mit Alkohol und XXL-Joint einen Filmriss hatte und die ganze Zeit beim Konzert gedacht hat, es sei Mittag und wir seien beim Soundcheck! Weil die Scheinwerfer uns so geblendet haben, hat er ja niemanden im Publikum gesehen, gehört sowieso nicht, denn das Publikum war ja eher zurückhaltend. Naja, nun ist es vorbei, die Dortmunder Kulturratsvertreter eilen mit gesenktem Kopf kommentarlos an unserer Garderobe vorbei.

Irgendwie packt uns aber nun der Galgenhumor, als die Zusammenhänge klar werden und wir müssen alle lachen. Aber erst, als uns niemand mehr hören kann. Spät abends dann landen wir irgendwie aus Versehen in einer abstrusen Karaoke-Bar, wo wir schon am Eingang von einer Moderatorin in High-Heels und Leoparden-Bikini per Funkmikrofon auf die Bühne gedrängt werden:

"And now our friends from Germany!" Zum Instrumental-Playback pressen wir uns "We are the world" aus den Kehlen und lesen dabei den Text schön konzentriert vom Teleprompter ab. Immerhin hier ist die Band mental voll dabei.

*****

Manchmal ist das so eine Sache mit den Partnerstädten und dem Kulturaustausch....

1988 besucht eine Abordnung aus Hemer die Partnerstadt Beuvrey in Frankreich. Natürlich wird auch Musik mitgenommen und zwar in Form eines Jazzquartetts. Hubert, der Leiter der "Expedition", ist nicht nur Französischlehrer am Gymnasium in Hemer, sondern auch ein Kenner und leidenschaftlicher Pfleger der französischen Landessprache. Sein Sohn Peter hat weder Ahnung von selbiger, noch Lust auf diese Sprache, ganz zum Leidwesen seines Vaters. Dafür kann Peter aber prima Musik machen und auch feiern.

Wir fahren also bei schönem Wetter elend weit mit mehreren Kleinbussen nach Frankreich und kommen am Abend in der Partnerstadt Beuvrey an. Hier ist grad Stadtfest. In der Gemeindehalle, in der wir auch spielen sollen, hat man schon ein bisschen vorgefeiert, alles ist sehr gesellig, Wein fließt in Strömen, ein Kerl steht mit einer Rotweinflasche in der Hand auf dem Tisch und singt, alle grölen mit. Wir bauen auf und spielen einen nicht weiter beachteten Begrüßungs-*Set*, dann feiern auch wir mit.

Wir sind alle privat untergebracht, zum Zwecke der Völkerverständigung auf verschiedene Haushalte. Da auch ich in der Schule im Französischunterricht nicht aufgepasst habe, habe ich Hubert gebeten, mich beim Englischlehrer unterzubringen.
Irgendwann frage ich: "Ja, wo ist denn der Englischlehrer?" und Hubert meint: "Das ist der Typ, der da auf dem Tisch steht und tanzt!" Aha, Donnerwetter, das ist also mein Gastgeber, bei dem ich die nächsten drei Tage wohnen werde.

So gegen halb drei morgens sehe ich, wie Peter sich auf einer Bierbank immer näher an eine, na sagen wir mal, etwas reifere Dame heranpirscht, die ihm wohl offensichtlich gefällt.
Die bleibt aber unbeeindruckt und regungslos sitzen, bis Peter direkt neben ihr ist. Er beugt sich zu ihrem Hals, schnuppert daran herum und geht dann in die Offensive:

Ich sehe ihm an, wie sein Gehirn alle verfügbaren Französisch-Fragmente zusammenbaut, dann muss das Kompliment raus:

"Tu sens bon comme Poisson!" Der Arme! Keine zehntel Sekunde später kriegt er mit voller Wucht so eine geschallert, dass er mitsamt dem Stuhl nach hinten umfällt. Zack! Genau auf die zwölf! Ich sitze ungefähr drei Meter weiter entfernt und lache mich halbtot. Peter hatte von diesem Parfüm "Poison" gehört (oder gerochen) und wollte wohl sagen, die Dame duftet nach eben diesem, das englische Wort Poison ("Gift") hat aber leider im Französischen bei falscher Aussprache eine ganz andere Bedeutung ("Fisch"). Das hat der Lady aber gar nicht gefallen, sie steht auf und geht.

Später stellt sich heraus, dass es sich um die Gattin des örtlichen Bürgermeisters handelt. Die Qualität der Städtepartnerschaft hat aber unter diesem Vorfall nicht weiter gelitten...

Gegen halb fünf morgens zieht der Tischsänger mit der Weinflasche in der Hand mit einer handvoll Gefolgsleuten durch die Gemeinde, ich schließe mich natürlich an, muss ja bei diesem Englischlehrer übernachten. Ungefähr 15 Volltrunkene sitzen dann in seinem Garten, der Gastgeber holt immer mehr Wein aus seinem Keller, während im Hintergrund die Sonne aufgeht. Die Franzosen scheinen ein schier unendliches Repertoire an Volks-, Wein- und Liebesliedern zu haben. Ich kann nicht mehr. Ich gehe ins Haus und suche nach einer Tür mit einem Bett dahinter.

Als ich wieder aufwache, schleckt mir irgend ein Köter durchs Gesicht, aha, der Haushund will mich begrüßen, dabei kennt der mich doch gar nicht. Ich schwitze mich zu Tode, eine Toilette wär auch nicht schlecht und außerdem brummt mein Schädel, als hätte der Englischlehrer mir sämtliche leeren und vollen Weinflaschen einzeln auf dem Schädel zerdeppert.

Natürlich stellt sich gegen Mittag heraus, dass der Englischlehrer kein Wort Englisch sprechen kann, weil er gar nicht der Englischlehrer ist. Er weiß auch eigentlich gar nicht, wer ich bin und was ich im Zimmer seiner fünfzehnjährigen Tochter mache. Ich aber habe tierischen (Nach-)Durst auf Wasser und brauche ein Klo, daher frage ich irgendwas von Eau de Toilette oder so was, das hilft aber auch nicht weiter. Immerhin ruft er nicht die Polizei oder die Sitte, aber die weitere Konversation gestaltet sich doch eher schwierig, da ist nonverbale Kommunikation mit seiner Tochter doch einfacher. Dazu hängt mir den ganzen Tag die kläffende, sabbernde Töle am Bein (also der Haushund, nicht die Tochter).

In der Not, nicht über eine gemeinsame Sprache zu verfügen, wird wild gestikuliert und sprachübergreifend werden einfach wieder derbe Trinklieder (natürlich auf Französisch) abgesungen. Beim Abendessen schenkt mir der Tischsänger dann ein paar deutsche Briefmarken, die er hinten links im Schrank gefunden hat und einen Bierkrug mit einem bunten Bild vom Papst drauf (!?). Ich bedanke mich artig.

Ich werde zwei weitere Tage dort durchgefüttert, als hätte ich nie woanders gewohnt!

Immerhin weiß ich nach drei Tagen, dass "le chien" der Hund heißt und "poisson" Fisch!

*****

Irgendwann, Oktober 1996 ca. 2:30 Uhr morgens, konspiratives Szenario am Tresen der Jazzkneipe "Jatz" an der Möllerbrücke in Dortmund: Nur noch wenige Gestalten halten sich wacker an ihren Biergläsern fest, die Herren Kroll und Mokross unterhalten sich mit einer jungen Dame, die grad auf der Jam-Session ganz passabel gesungen hat. Am anderen Ende des Tresens, schon fast mit dem Kopf auf der Tischplatte, ein gewisser Pianist namens Frank W., eine feste Jazzgrösse. Frank hat schon mit vielen Top-Jazzern wie z.B. Lee Konitz auf der Bühne gestanden, man sagt auch über ihn: "Hast Du einen Piano-Wunsch, ruf den Frank an!"...

Die junge Sängerin heißt Birgit und möchte aber in nächster Zeit eher in Richtung Musical gehen und sucht noch eine Begleitband. Na, da ist doch das Dortmund-Harlem-Trio genau richtig! Allerdings wird hier ohne Piano gespielt, auf die Frage, welchen Klavierspieler man denn für so ein Projekt fragen könnte, antwortet Django: "Frag mal den Typ da hinten, der da am Ende des Tresen sitzt, der kann auch ein bisschen Klavier spielen..." Birgit kennt Frank nicht, sie geht hin und fragt ihn: "Hallo, Django sagt, Du kannst ein bisschen Klavier spielen, hast Du Lust auf ein Bandprojekt?" Frank blickt kurz auf und sagt "Klar!".

Es gibt sogar schon einen Auftrittstermin knapp vier Wochen später, nämlich im "Filou" am Nordmarkt in Dortmund. Wir sichten ein paar Noten, Frank hat aber keine Zeit zu proben und wir beruhigen Birgit: "Der macht das schon, der hat's drauf!" - Ihr ist ein bisschen mulmig, aber immerhin hat sie ihm die Noten geschickt und sie übt mit ihren Playalongs.

Am Auftrittstag (hurrah, der Saal ist ausverkauft!) trifft sich die Band eine Stunde vor der Show, Frank hatte noch zu tun und kommt 10 Minuten vor Beginn. Birgit hat sich richtig in Schale geschmissen, schickes Kleid, Federboa, das volle Programm, sie versucht noch, uns irgendwelche roten Einstecktücher aufzuschwatzen, dann ist es schon soweit. Es ist ihr erster Auftritt als Solosängerin. Die Musiker geben sich kurz die Hände, wünschen gutes Gelingen, gehen zur Bühne und nehmen unter wohlwollendem Applaus des Publikums Platz - aber, wo ist denn Frank?

Der ist vorher links abgebogen und sitzt nun erst mal auf dem Klo. Birgit hat schon die erste Showtime-Pose eingenommen, eigentlich sollte es jetzt losgehen, aber ohne Klavierspieler macht das keinen Sinn. Immerhin ist der irgendwie dann doch zu hören, die Klotür ist direkt neben der Bühne und scheinbar ist das Papier ausgegangen, was dem Pianisten wohl missfällt, er räuspert sich laut und flucht. Das geduldige Publikum lauscht peinlich gespannt, Birgit wirkt etwas aufgeregt. Schließlich kommt der entleerte Tastenkünstler aus den sanitären Räumlichkeiten, geht auf die Bühne und ist offensichtlich erstaunt, dass bei Musical-

Veranstaltungen dreimal so viele Besucher wie bei Jazz-*Mucken* kommen und sogar aufmerksam auf die Protagonisten warten.

Birgit dreht ihren Kopf nach hinten und raunt ihm den Titel des ersten Stücks zu, "Hello Dolly" soll es sein, doch Frank baut erst mal das Klavier auseinander: "Das ist sonst viel zu leise, da kann man nix hören!" Erste Schweißtropfen auf Birgits Stirn sind zu erkennen. "Können wir jetzt?" Inzwischen holt der Pianör einen Riesenstapel unsortierter Notenblätter aus seiner Jutetasche, wirft offensichtlich zum ersten mal einen Blick darauf und ruft: " Ach Du lieber Gott, das ist ja alles handgeschrieben, das kann ja kein Schwein lesen!" Erschwerend kommt dazu, dass bei der Entkleidung des Tasteninstruments auch die Notenablageklappe dran glauben musste, jetzt weiß Frank nicht mehr, wohin mit den Zetteln. Unsere arme Chanteuse droht jeden Moment zu kollabieren, sie gibt ihre Startpose auf und geht zum Klavier. Das Publikum applaudiert entzückt, tolle Inszenierung, diese Show!

Und mit so viel Slapstick! Humor ist auch dabei! Leider ist aber alles echt und wir spielen erst mal einen Jazz-Standard ohne Gesang und ohne Klavier. Während wir zu dritt alles geben, versucht Birgit mit Frank, die auf dem Boden liegenden Zettel zu sortieren und kurze Absprachen zu treffen. Kleine Differenzen zwischen den Tonarten auf handgeschriebenem Papier und den aktuellen Wunschtonarten der Sängerin werden im Hintergrund diskutiert, derweil spielt der Rest des Ensembles "Naima" und "Straight, no Chaser". Nach einer halben Stunde haben wir dann irgendwie auch "Hello Dolly" abgearbeitet und es ist Pause.

Danach kehrt die Band mit einem völlig neuen Programm auf die Bühne zurück, die Sängerin hat bereits das Outfit gewechselt - tipp topp! - that's Showtime! Nur die Musiker sehen aus wie immer, das ein oder andere Einstecktüchlein ist verloren gegangen oder hängt schlapp aus einer Jackentasche.

Irgendwie bringen wir den Abend dann doch noch zu Ende. Das Publikum ist begeistert. Wir Jazzmusiker müssen wohl mal über den regelmäßigen Einsatz von Einstecktüchern nachdenken!

Birgit hat diese Situation unglaublich gut gemeistert, immerhin war das ihre Feuertaufe! Humor hat sie dennoch bewiesen, auch später, als sie unter dem Namen Betty LaMinga im renommierten Springmaus-Theater Karriere gemacht hat! Heute kann auch sie drüber lachen!

Sozialstudie

An dieser Stelle möchte ich noch mal aufzeigen, wie unterschiedlich doch Musiker verschiedener Genres an die Sache rangehen und kommunizieren. Um eine Vergleichbarkeit zu gewährleisten, liegt in allen drei Fällen die gleiche Ausgangssituation vor, nämlich eine nicht öffentliche Probe, in der ein neues Musikstück einstudiert werden soll. Die drei verschiedenen Gruppen sind:

1. ein (festangestelltes) klassisches mittelgroßes Theaterorchester

2. ein (*Freelancer-*) Jazzquintett plus Sängerin

3. eine (Amateur-) Rockband

Zunächst also das klassische mittelgroße Theaterorchester:

Dirigent: „Guten Morgen, meine Damen und Herren, sind alle vollzählig? - Gut, wir beginnen mit dem neuen Werk, zunächst das Präludium, bitte!" (...das Orchester spielt)

Dirigent: „Einen Moment, bitte noch mal ab Takt 5, ohne accelerando, wenn's geht. In Takt 8 dann bitte die Fermate abwarten, dann a tempo weiter bis zum Tonartwechsel"(...das Orchester spielt). Dirigent: „Das Schlagwerk bitte etwas zurückhaltender in Takt 20, da gilt ja noch mezzoforte, und die Bratschen bitte noch mal nachstimmen". Erster Geiger (Konzertmeister): „Wir brauchen noch ein bisschen mehr Licht am Pult, sonst können wir nichts lesen!" Dirigent:

„Kann mal jemand von der Bühnentechnik kommen, wir brauchen mehr Licht" Erster Geiger: „Wir sollten den Einstieg etwas mehr legato angehen" Dirigent: „Nein, das möchte ich nicht, bitte noch mal ab Takt 17" (…das Orchester spielt).

Dirigent: „Nein, nein, nein, so geht das nicht, tragen Sie sich bitte alle noch mal die Wiederholung ab dem Doppelstrich ein und die Geigen nicht so jämmerlich, - auf die Intonation achten bitte!" Erster Geiger: „Uns stehen vertraglich zugesichert konstante 23 Grad auf der Probebühne zu. Zur Zeit sind aber nur 22 Grad auf meinem Thermometer, da können unsere Instrumente ja nicht richtig intonieren!" Dirigent: „Die Haustechnik hat gerade erst die Heizung angemacht, es wird gleich warm, bitte noch mal ab Takt 23!" Erster Geiger: „So können wir nicht arbeiten!" Solopauker: „Hat der Inspizient eigentlich schon die neuen Dienstpläne ausgehängt?" Dirigent: „Bitte - können wir das nicht nachher….."

Erster Geiger: „Es ist bereits neun Uhr dreiunddreißig, unsere tarifliche Pause hat schon begonnen, Sie finden uns in der Kantine!"

*****

Als nächstes das Jazzquintett mit Sängerin:

Pianist: „Hi Folks, wo ist Ingo, ist schon halb zwölf!" Schlagzeuger: „Steht noch im Stau!" Pianist: „Okay, wir fangen nach dem Kaffee trotzdem schon mal an" Drummer: „One - two - …" Sängerin: „Kann mir mal jemand mein Mikrofon anschließen?" Saxofonist: „Hast du einen Kopierer für die Noten hier?" Pianist: „Ich dachte, du hättest das schon transponiert?" Drummer: „One - two - ……ich glaube, da kommt Ingo" Bassist: „Moin, moin, sorry, stand im Stau, ich muss übrigens in einer Stunde schon wieder weg, unterrichten" Pianist: „Lass uns jetzt erst spielen, Kaffee gibt's nachher. Hier sind die Noten." (…die Combo spielt) Bassist: „Stopp, das geht ja gar nicht, irgendwie zickt das. Lass uns mal 'ne andere Groove ausprobieren." (…die Combo spielt) Sängerin: „Komme ich erst nach der Bridge oder schon vorher?" Saxofonist: „Das kommt drauf an, wie sehr wir dich im Intro antörnen Baby - hahaha!!"

Pianist: „Jetzt bitte nicht kalauern, du bist bei dem Ges-7 dran, einen Takt nach dem Tonartwechsel" Schlagzeuger (zum Saxofonisten): „Was spielst du denn da für eine *Grütze*?" Saxofonist: „Ich weiß nicht, ich muss unbedingt mal neue Blättchen besorgen."

(…die Combo spielt) Pianist: „So geht's. Darf ich mal in dein Brötchen beißen?" Gitarrist: „Ich reich' da einfach so 'n paar Freddy Green-Dinger rein!" Saxofonist: „Denk aber an den Kreuz-11 in Takt 20!" Bassist: „Sollen wir das nicht lieber in einer *Art Blakey*-Version probieren, also ohne Triotonus-Substitut vor dem B-Teil?" Schlagzeuger: „One - two - ……" (…die Combo spielt) Pianist: „Ich fänd die Bossa-Version cooler, oder vielleicht ein bisschen funkiger?"

Sängerin: „Ich glaub, wir sollten das alles einen Halbton tiefer probieren, das ist zu hoch für mich" Schlagzeuger: „Das

Gefühl beschleicht mich schon lange" Sängerin: „Blödmann".
Saxofonist: „Wie - einen Halbton tiefer?! Ich bin dagegen."
Gitarrist: „Ich auf alle Fälle auch. Lieber einen Halbton hö-
her!"

Sängerin (zum Schlagzeuger): „Lass uns mal ein Fenster
aufmachen und lüften, irgendwie transpirierst du heute extrem!" Schlagzeuger (zur Sängerin): „1 : 1" Pianist: „Steht da
eigentlich bei dem Job heute Abend ein Flügel oder muss ich
ein Stromklavier mitbringen?" Bassist: „Keine Ahnung, vor
zwei Jahren stand da noch ein altes *Rhodes* rum" Pianist:
„Check ich nachher noch. Soll 'n wir noch mal?" Saxofonist:
„Lass uns das lieber beim Soundcheck heute Abend noch mal
anspielen; gibt's eigentlich eine Ansage bezüglich der Ver-
kleidung?" Pianist: „Ich glaube, ,*als ob was mit Oma wär* '" Saxofonist: „Scheiße, meine *Kutte* ist grad in der Reinigung!"
Schlagzeuger: „Kennt ihr den schon: Kommt ein Jazzmusiker
zum Arzt...."

Bassist: „Leute, ich muss weg, meine Schutzbefohlenen
warten schon"

*****

Und jetzt die Rockband:

Sologitarrist: „Hi Alter, alles geschmeidig? Was geht? Ist
Mike schon da?" Bassist: „Noch eben zur Bude, Bölkstoff
besorgen" Rhythmusgitarrist: „Ich hab 'n neues *Riff* entdeckt"
Sänger: „Lass hören" (...der Rhythmusgitarrist spielt). Bassist: „Wo soll denn da die ,Eins' sein?" Rhythmusgitarrist:

„Na hier natürlich, nach dem ‚Um-Tschaka'!" Bassist: „Kapier ich nicht." Sänger: „Hab mir übrigens jetzt ein total geiles Bühnenoutfit für uns ausgedacht." Schlagzeuger (jetzt mit Bierflasche): „Lass uns lieber noch mal über den Bandnamen nachdenken, ich finde, ‚Thunderhell' zündet nicht so richtig!" Bassist (zum Sologitarristen): „Hast du jetzt endlich Deine verdammte Verstärkereinstellung gefunden? Ich verstehe kein Wort hier!" Sologitarrist: „Pass mal auf, Alter, nicht in diesem Ton hier, du Arschloch, gib mir erst mal ne Kippe" Bassist: „Sorry, aber ich hab schon den ganzen Tag an der Stanze gestanden, jetzt ist schon halb zwölf und wir haben immer noch nicht geprobt. Spiel noch mal das *Riff*!" (…der Rhythmusgitarrist spielt.) Schlagzeuger (zum Rhythmusgitarristen): „Erklär mal, wie du das meinst. Soll ich nach dem Um-Tschaka als Zeichen für den Einstieg zweimal Kasch-Kasch oder lieber Zing-Zing auf dem Becken spielen?" Rhythmusgitarrist: „Nein, nein, das doch erst nach dem ruhigen Part, wo wir so Metallica-mäßig abgehen, danach dann zweimal Uff-Tschak und erst bei der Wiederholung im Power-Teil dann die verzerrte Version. Ist noch Bier da?" Bassist: „Versteh ich nicht."

Sologitarrist: „Und ich fidel dann darüber ab, wenn du diesen anderen Griff da spielst!" Sänger: „Leute, so kommen wir doch nicht weiter. In drei Wochen ist schon der Termin für die *Performance*, zu unserem *Showcase* soll doch dieser Typ vom Major-Label kommen, bis dahin muss das Outfit stimmen!" Schlagzeuger: „Mann, hab ich einen Kohldampf!" Bassist: „Du denkst immer nur ans Fressen. Ich hör mich nicht. Kannst du nicht etwas leiser spielen, mir bluten schon die Ohren" Schlagzeuger: „Ich brauch mehr Bassdrum auf dem *Monitor*! Wem das zu laut ist, der ist dafür zu alt!" Rhythmusgitarrist: „Also noch mal. Nach dem Uff-Tschak, vor der Power-Wiederholung und zwischen dem ruhigen Part und dem Gitarrensolo spiele ich dreimal dieses - *Schreng!* Danach kommt dann der Doublebass-Part - kapiert?" Bassist: „Wie jetzt, das hatten wir doch letzte Woche noch ganz anders" Sänger: „Letzte Woche war auch letzte Woche. Jetzt ist diese Woche." Bassist (zum Schlagzeuger): „Jetzt hör doch mal endlich auf, da rum zu dängeln!" Schlagzeuger (zum Bassisten): „Ey, Alter, warst du gestern beim Griechen oder was, du stinkst, als ob du verwesen würdest!" Sänger: „'Flaue Fürze fliegen flach' - das wär doch ein geiler Bandname!" Schlagzeuger: „Gibt's schon". Rhythmusgitarrist: „Also noch mal von vorne!" Schlagzeuger: „One - two - ...!."

Polizei: „Guten Abend - wir hatten mehrere Anrufe aus der Nachbarschaft..."

Musik an ungewöhnlichen Orten

Dem freischaffenden Musiker stehen als Ausführungsort seines Broterwerbs leider nicht nur die großen Konzertsäle und –arenen dieser Welt zur Verfügung. Oft genug muss der Musikausübende an Orten und Plätzen auftreten, von denen er niemals gedacht hätte, dass überhaupt jemals dort organisierte Klänge zu hören sind. Das ist manchmal spannend und inspirierend, in den meisten Fällen aber zumindest skurril, manchmal nervig und im schlimmsten Fall lebensgefährlich.

So ergibt es sich 1982, dass wir mit unserer kleinen Fusion-Band Paramaribo ein Konzert in der Justizvollzugsanstalt Drüpplingsen spielen können. Geld gibt's keins, aber unser Gitarrist Kai ist ehrenamtlich so seine Art Sozialbetreuer dort und leitet einmal in der Woche eine Bandprobe mit der Knacki-Combo, einer Rhythm 'n Blues-Band, in der Inhaftierte ihren Blues loswerden können.

Nun ist eine JVA nicht zwingend wie eine Konzerthalle konzipiert, man muss also improvisieren, aber spätestens nach dem berühmten Konzert von Johnny Cash im Gefängnis mussten wir jetzt auch mal ran und ein Zeichen setzen.

Wir spielen in der Kapelle der JVA, der Altartisch wird zur Seite gerückt und unsere Anlage aufgebaut. Unser Programm und somit das ganze Konzert muss hier zweimal hintereinander gespielt werden, wie uns die Knastleitung instruiert, einmal für die Insassen von Haus Eins und einmal für die

Bewohner von Haus Zwei. Die Insassen der beiden Häuser dürften sich auf keinen Fall begegnen, lässt uns ein Aufseher wissen. Haus Eins seien die leichten Fälle, also Taschendiebe, Verkehrssünder und dergleichen, in Haus Zwei säßen die harten Jungs, also Vatermörder, Mutterschänder. Viel Spaß!

Als Vorgruppe und Support-Act lassen wir die Knacki-Band spielen, wir denken, das schafft sofort einen guten Kontakt zum Publikum, danach kann nichts mehr anbrennen. Die Knast-Blueser nutzen natürlich unsere Backline, heißt unsere Instrumente und Verstärker, damit wir nachher nicht noch umbauen müssen.

Die erste Show verläuft dann auch easy. Die Gefangenen werden hereingeführt, die Türen verriegelt (gute Idee eigentlich, sollte man auch in Jazzclubs einführen) und los geht's. Unsere Vorband spielt "Dust My Broom" und "House Of The Rising Sun" "Born To Be Wild" und dergleichen, quittiert von Johlen und flachen Kommentaren der Zuhörer. Als wir danach auf die Bühne kommen, ist das Interesse für Musik eher schon wieder auf null. Wir spielen aber brav unseren *Set*.

Danach werden die Ausgangstüren wieder aufgeschlossen und die Kulturkonsumenten geordnet abgeführt, leider hat der Schlüsselbefugte auf der anderen Seite voreilig die Eingangstür für Haus-Zwei-Insassen zu früh geöffnet. Die harten Jungs, in der Tat deutlich zu erkennen an ihrem martialischen Aussehen und den finsteren Blicken, strömen in die Kapelle, entdecken noch einige Haus-Eins-Insassen, und wollen erst mal ein paar offene Rechnungen begleichen.

Großes Gerangel und Geschrei, begleitet von Trillerpfeifen-Pfiffen der Wärter, die erst mal Verstärkung anfordern, um die Streithähne auseinander zu bringen. Nachdem dann irgendwann Ruhe eingekehrt ist und der Chefaufseher den Abbruch der Veranstaltung beim nächsten Zwischenfall in Aussicht stellt, geht es dann wieder mit unseren Freunden der Blues-Knacki-Band los. Zu unserem Bedauern haben die wohl offensichtlich in Haus Zwei nicht nur Fans und Freunde, aus der letzten Reihe fliegen plötzlich rohe Eier und alte Tomaten Richtung Bühne. Scheinbar arbeitet wohl jemand aus Haus Zwei in der Küche...

Dumm ist, dass ja unsere Support-Band auf unserer Anlage spielt. Kann sich jemand vorstellen, wie viele Jahre Freude man an rohen Eiern hat, die auf das Gitter vor dem Lautsprecher des Gitarrenverstärkers treffen? Oder auf die Tastatur eines Keyboards? Die Küchenhilfen werden sofort unter Beifall der Kollegen aus dem Saal manövriert und des Konzertes verwiesen, an Spielen ist nicht mehr zu denken, die Anlage ist ja auch total eingesaut. So packen wir dann alles zusammen, bedanken uns für den bunten Abend und versuchen, dem Gefängnis zu entkommen. Rein geht viel leichter als raus! Diese Erkenntnis hätte ich wohl schon vorher haben können, als Schlagzeuger mit großen Trommelkoffern werde ich natürlich in der Schleuse vor dem Ausgang nochmal ordentlich gefilzt, besonders der Bassdrum-Koffer. Also alles noch mal auspacken, vorzeigen, einpacken und so weiter. Wahrscheinlich ist es für die Vollzugsbeamten einfacher, in den Bassdrum-Koffer zu sehen, als nach dem Konzert die Inhaftierten durchzuzählen...

Übrigens war das nicht mein erstes Konzert in einer JVA. Ich erinnere mich, ungefähr zwei Jahre vorher schon mal mit der Hubert-Schulte-Bigband dort gespielt zu haben. Damals aber nur ein Konzert mit zwei *Sets*. Das Konzert wurde begeistert angenommen, in der Pause konnten wir uns mit den Gefangenen unterhalten, alles war entspannt, bis wir weiterspielen wollten. "Wo ist denn Fritz?" - unser erster Trompeter wurde vermisst. "Der wird schon wieder kommen, wir warten noch, ich glaub, der ist auf 's Klo gegangen". Als Fritz aber nach einer weiteren halben Stunde immer noch nicht aufgetaucht war, erkundigten wir uns bei einem Aufsichtsbeamten. Der wurde plötzlich ganz blass und sagte: "Ach du scheiße, den hab ich vergessen!".

Wer bei einem Konzert in der JVA mal auf 's Klo muss, der muss einen Wärter fragen, der geht dann mit, schließt die Toilette auf und hinter dir wieder ab und wartet draußen.

Im Fall Fritz ist der Aufpasser dann wohl angepiept worden und musste woanders wahrscheinlich Obstwerfer abstrafen oder sonst was, auf jeden Fall trommelte Fritz von innen ungehört gegen die Klotür und schrie: "Ihr Schweine, lasst mich hier raus!!"

Sollte ihn jemand gehört haben, wird solchen Äußerungen in einer JVA keine große Dringlichkeit zugemessen, weil naturgemäß Worte dieser Art in einem solchen Etablissement an der Tagesordnung sind.... So konnten wir unseren zweiten *Set* dann endlich mit viel Verspätung beginnen, Fritz hat dann noch Höchstleistungen erbracht, die erste Trompete kann ja musikalisch auch als Waffe eingesetzt werden... Er hat dann seinen ganzen Frust, möglicherweise zwanzig Jahre eingesperrt zu sein und die Erleichterung, dass er doch wieder mit uns raus kann, raus gelassen und gepfiffen wie Maynard Ferguson in seinen besten Jahren. Die Trompeten von Jericho waren Vuvuzelas dagegen.

*****

Einmal wird das Dortmund-Harlem-Trio gebucht, um auf einer Hochzeit in einer Stadt im Saarland zu spielen. Eigentlich nichts Ungewöhnliches, zwar ist das Dortmund-Harlem-Trio in der Besetzung Saxofon-Kontrabass-Schlagzeug nicht wirklich eine Tanzcombo, wie man sie sich landläufig für eine Hochzeitsfeier vorstellt, aber in diesem Falle hat uns der Brautvater wohl tatsächlich schon mal vorher irgendwo gehört, eine Jazzband auf einer Hochzeitsfeier ist nämlich nur dann sinnvoll, wenn der Auftraggeber genau weiß, was er möchte und was er bekommt (siehe auch Kapitel "Fehlbuchung"). Wir stellen uns dann auf eine chillige Veranstaltung ein, bei der wir eher im Hintergrund auf einer dieser typischen muffigen Gemieteter-Gemeindesaal-Bühne-auf-der-sonst-immer-der-Spielmannszug-probt, *Jazzbewegungen* machen.

Die Braut ist in diesem Fall die Tochter des Steinmetzes des örtlichen Hauptfriedhofs, und wie sich herausstellt, sieht sie auch eher tot als lebendig aus. Wahrscheinlich hat sie am Abend vorher schon ausgiebig ihren Abschied vom Status "unverheiratet" gefeiert, blass, dürr und mit tief liegenden Augen und schwarzen Augenringen... Unser Navigationsgerät führt uns also zur angekündigten Location, die sich aber nicht als Gemeindesaal herausstellt, sondern als Werkshalle des Friedhofssteinmetzes. Hier hat man am Vortag (Freitag) bei Feierabend alles so belassen, wie es in einer Friedhofssteinmetz-Werkstatt freitagmittags so aussieht:

Überall stehen Grabsteine herum, teilweise mit halb eingemeißelten Namen, Geburts- und Sterbedaten, frommen Sprüchen und dergleichen. Mit zwei riesigen Gabelstaplern hat man eine tonnenschwere ungefähr 8 Quadratmeter große, dicke Marmorplatte auf vier Sockel aufgebockt, das ist unsere Bühne. Wir schaffen also unsere Instrumente rein und bauen uns erst mal auf unserer Familiengrabplatte auf. Immerhin ist hier nur ein Familienname eingemeißelt, Todesdaten fehlen noch.

Es gibt Streuselkuchen (eben wie dieser typische Beerdigungskuchen) nebst Knackwürstchen mit Kartoffelsalat, das Ganze auf Papptellern, Tische gibt es nicht, die Gäste sitzen um die Grabsteine herum und nutzen diese zum Abstellen der Pappteller. Am Gedenkstein für Wilhelm Koslowski, der Inschrift nach vor zwei Wochen verblichen, läuft Ketchup runter, der Hand einer Engelstatue aus weißem Gestein, die gestenreich einen Arm ausstreckt, hat jemand seinen leeren Pappteller anvertraut, ein Sinnbild der Armenspeisung, oder eher eine Aufforderung zur Kollekte? Wir spielen "The Wedding", "Angel Eyes" und "Devil In Disguise" dazu, für das vom Publikum immer wieder geforderte "Highway To Hell" fehlt uns in unserer Besetzung leider u.a. die Gitarre.

Skurril und gruselig zugleich. Von Grabesstimmung keine Spur, die Feier ist echt ausgelassen, die Gäste stehen auf unsere Musik und sind guter Dinge, später kommen noch Stelzenläufer und Feuerspucker dazu, um dem Ganzen noch eine besondere Note zu geben. Wir sollen dazu "Knocking On Heaven's Door" spielen; um ein Haar fackelt aber dann die ganze Halle ab, als der Stelzenläufer sich ebenfalls am Feuerspucken beteiligt und beinahe die Holzdecke in Brand setzt.

Die Braut ist leider ein Einzelkind, schade, ich hätte gerne noch mehrere Hochzeiten dieser Familie beschallt....

*****

"Merhaba" heißt nicht nur "Guten Tag" und "Hallo" auf Türkisch, auch eine gleichnamige Band betätigt sich auf der Ruhrgebiets-Multi-Kulti-Spielwiese. Auf dem Programm stehen türkische Gassenhauer, die praktisch jeder Türke kennt und mitsingen kann. Damit auch deutsche Zuhörer verstehen, wovon hier gesungen wird, gibt's bei einigen Songs auch ein paar Strophen in deutscher Sprache.

Da im Ruhrpott durch Stahlindustrie und Bergbau seit den 1960er Jahren viele Türken leben, versucht Merhaba, die deutsche und die türkische Kultur ein bisschen näher zusammen zu bringen.

Die Konzerte von Merhaba finden normalerweise auf Multi-Kulti-Festen, auf Integrationsveranstaltungen oder offiziellen Empfängen statt, oft auch auf DGB-Veranstaltungen, Gewerkschaftskundgebungen sind ja meist mit großem Hallo und einem riesigen Publikum verbunden. Wolfgang, der Merhaba Gitarrist, Saz-Spieler und gleichzeitig *Booker* ruft an, wir können im Rahmen einer Großdemo in Bonn spielen, Bergleute aus dem ganzen Ruhrgebiet werden dort demonstrieren. Endlich mal wieder große Öffentlichkeit! Ich sage zu, wir spielen in Triobesetzung, Wolfgang spielt Gitarre und Saz und singt, Sevghi, seine Frau, singt und ich spiele *Darbuka* und *Davul*, eine große türkische Basstrommel mit Naturfellen. Ein bisschen verwundert bin ich, als am Tag vor dem Job Wolfgang noch mal anruft und sagt: "Wir müssen um halb fünf Uhr morgen früh losfahren, Ton ab in Bonn sechs Uhr!" - Ich erinnere mich an den alten Kalauer, der unter Jazzmusikern ab und zu noch erzählt wird: "Warum müssen Jazzmusiker immer schon um sechs aufstehen? - Weil um halb sieben die Läden zumachen!"

Mir kommt aber die Großdemo gegen die Stationierung der Langstreckenraketen auf der Bonner Hofgartenwiese (also jetzt nicht die Raketen auf der Wiese, sondern die Demo) in den Sinn mit über 200.000 Teilnehmern, na das wär ja mal ein Publikum! Da könnte man so die eine oder andere CD verkaufen. Dafür muss man natürlich Opfer bringen und ich lasse mich von Wolfgang überzeugen, dass es Sinn macht, mitten in der Nacht loszufahren.

Wir beladen also zu nachtschlafender Zeit das Band-Mobil (weißer/rostbrauner Ford-Transit mit bunten Gardinchen, mittlerweile hat er 400.000 Kilometer auf der Uhr) und düsen los. Der alte Checker Wolfgang ist genau informiert, wo wir langfahren müssen, den Shell-Atlas, sonst bei Musikern in den 1980er und 1990er Jahren fest beim Autofahren auf den Oberschenkeln verwachsen, hat er (glaub ich) irgendwann mal auswendig gelernt, Wolfgang findet eigentlich immer alles. Statt auf dem großen Gelände hinter der Uni landen wir aber skurrilerweise far out in Bonn-Tannenbusch unter einer dunklen Autobahnbrücke.

Das ist ja wohl die Höhe! Wir verpassen den *Gig* unseres Lebens, nur weil Wolfgang immer auswendig fahren will, kein Wunder, dass wir hier unter einer Autobahnbrücke landen, um diese Uhrzeit weiß ich noch nicht mal meinen Namen. Aber Wolfgang bleibt gelassen: "Alles gut, hier müsste es sein!" Der Platz unter der Brücke, der sonst wohl, wie bei anderen Brücken, auch schon mal als Parkplatz genutzt wird, ist menschenleer und ebenso frei von Autos. Nur ein klappriger alter LKW ist im Dunkeln am hintersten Ende auszumachen. Der durch die Autobahn über uns geschützte Bereich ist ungefähr dreißig Meter breit und zweihundert Meter lang. Wir steigen aus und erleben gleich einen Kälteschock: Es ist Januar und gefühlte Minus zwanzig Grad kalt, dazu pfeift ein höllischer, eisiger Wind, wahrscheinlich direkt aus Sibirien. Der menschenfeindliche Sturm pfeift und unsere Schritte hallen durch die Nacht.

Eigentlich erwarte ich, wenn ich an einem Spielort eintreffe, ein paar warme Worte und mindestens einen heißen Kaffee, aber hier scheint das Wunschdenken zu bleiben, außerdem kann das niemals der Spielort sein, es ist ja weder eine Bühne, noch eine Beschallungsanlage zu sehen. "Komm lass uns wieder abhauen, das war ja wohl nichts!" Ich bin genervt. Von Musikern, die verhungern, hat man schon gehört, erfrieren kennt man höchstens von Musikschulensembles, die auf dem Weihnachtsmarkt spielen müssen.

Irgendwann steigt aus dem LKW am anderen Ende der Lokalität eine dunkle Gestalt aus und kommt im Nebel auf uns zu. Ich komme mir vor, wie bei einem konspirativen Treffen zur Übergabe von Lösegeld oder Drogen. Vielleicht haben wir auch einen solchen Deal aus Versehen gestört und jetzt will uns die Mafia als Mitwisser mit Betonstiefeln im Rhein versenken... Doch der angebliche Mafioso entpuppt sich beim Näherkommen als Gewerkschaftler aus Gelsenkirchen, begrüßt uns mit den Worten: "Hallo, da seida ja, also, dat läuft gleich so: Die Demo findet als Sternenmarsch statt, nä, von hier und andere Treffpunkte aus in et Stadtzentrum bis zu die Hofgartenwiese. In na halben Stunde kommen hier fümfzich Busse aus 'm Ruhrpott an mit Berchleute, nä, unter Tage läuft heute also nix. Eure Aufgabe iss et, nach 'm Eintreffen von die Busse fümfzehn Minuten lang Alarm zu machen, nä, und die Demonstranten richtig aufzuputschen. Dann is Sammeln und der Marsch geht los. Dann is eua Job zu Ende!"

"Ja, aber wo spielen wir denn, es gibt ja gar keine Bühne!" wende ich ein. "Oh, ihr spielt aufe Pritsche von den Laster da, wir müssen ein bissken improvisieren, woll!" Wir bauen also unser Zeugs auf dem Laster auf, Kaffee gibt's immer noch nicht, wenn Sevghi nicht von Zuhause heißen Tee mitgebracht hätte, wären wir wohl alle schon tot. Einzig der Gas-Heizstrahler, der auf dem LKW steht, hält uns am Leben.

Eine Trommel mit Naturfellen, üblicherweise in warmen Orientländern zuhause, findet einen Einsatz bei minus zwanzig Grad gar nicht gut. Die Felle hängen schlapp durch und die Trommel klingt, als wenn man auf einem Pizzakarton spielt. Also nehme ich meine "Dicke Berta", wie ich die *Davul* liebevoll nenne, aus dem Transportkoffer und gönne ihr ein bisschen Wärme vor dem Heizstrahler.

Wie auf Knopfdruck belebt sich plötzlich diese kalte Ödnis und ein Reisebus nach dem anderen kommt mit großem Dröhnen um die Ecke gefahren. Es sind in der Tat fast fünfzig Reisebusse, die da wie am Fließband gut gelaunte und lärmende Menschen ausspucken. Die Demonstranten sind ja nun auch schon bald zwei Stunden unterwegs und haben gegen die Kälte und für die Stimmung Kleine Feiglinge und Raki im Gepäck. Beziehungsweise hatten im Gepäck, denn dem Anschein nach haben sie auf der Fahrt schon alle Vorräte konsumiert, entsprechend ausgelassen ist hier die Stimmung.

Wolfgang sagt: "Attacke!" und wir spielen gleich los, wollen alles geben, doch beim ersten euphorischen Schlag auf die

Davul antwortet diese mit einem trockenen Sploing! - und ich lande mit dem Schlegel mitten in der Trommel. Diesen extremen Temperaturanstieg von minus zwanzig auf plus achtzig Grad hat sie mir nicht verziehen, das Schlagfell ist leider explodiert, ich wechsle sofort auf die *Darbuka*, die hat immerhin ein Plastikfell, der Messingkessel ist aber tiefgefroren und meine Finger ebenso. Ich leide, aber wir spielen wie um unser Leben, schließlich haben wir nicht neunzig Minuten Zeit, die Zuhörer für uns zu gewinnen, sondern nur fünfzehn.

Die Akustik unter der Brücke ist ähnlich der im Petersdom und für rhythmische Musik natürlich eine Katastrophe. Bei einer Nachhallzeit von gefühlten 20 Sekunden kann man die zuletzt gespielten 32 Takte noch 5 Minuten später spüren. Ein einziger Klangbrei, aber den Leuten ist es egal, Hauptsache laut und lustig. So herrscht dann eine knappe Viertelstunde wirklich eine Atmosphäre wie bei Rock am Ring, nur sind hier statt achtzigtausend Zuhörer vielleicht (immerhin) zweitausend vor der Bühne.

Die gehen dafür aber ab wie Schmitt 's Katze, schließlich muss heute -trotz Dienstag- niemand arbeiten und Alkohol gibt's auch. Jetzt also noch Musik und Geselligkeit, alles nach Plan. Das Volk johlt und die überwiegend türkischen Zuhörer singen lautstark alles mit. Wir werden ordentlich abgefeiert. Mit Livemusik dienstagmorgens um sechs unter einer dunklen Autobahnbrücke bei minus zwanzig Grad, hatte wohl niemand gerechnet. Wir übrigens auch nicht. Nach ungefähr vier gespielten Titeln ruft die obligatorische Demo-

Trillerpfeife zum Aufbruch, die Meute bewaffnet sich mit Bannern, Plakaten und Demoschildern und zieht los Richtung Innenstadt. Zehn Minuten später ist alles wieder so still wie um zehn vor sechs. Alles wirkt wie ein Traum. Wir spüren wieder den Eiswind, inzwischen brummt der Berufsverkehr hörbar über uns. Sofort packen wir ein und sind um neun wieder in Dortmund. Da betrinken wir uns mit leckerem heißen Kaffee. Wie eigentlich jeden Morgen um neun. Nur haben wir sonst um die Zeit noch nicht so viel erlebt.

CDs haben wir leider keine verkauft, dafür bekommen die Bergleute inzwischen mehr Geld.

*****

Komisch, Musik an ungewöhnlichen Orten ist oft auch mit ungewöhnlichen Wetterbedingungen verbunden.

Der örtliche SGV (Sauerländer Gebirgsverein) lädt zu einer mehrstündigen Nachtwanderung durch Flora und Fauna ein. Eine ca. sechzigköpfige Gesellschaft aus passionierten Wanderern, Naturliebhabern, Sportlern und Ornithologen hat sich zur Teilnahme angemeldet. Die Strecke geht über 25 Kilometer und endet irgendwo am Waldrand in der Nähe von Bergkamen.

Am dortigen Ziel hat der Veranstalter Grillwürstchenstände aufgebaut und eine professionelle Bühne mit Beschallungsanlage inklusive Techniker bestellt. Auf dieser Bühne soll nicht nur der erste Zieleinläufer geehrt werden, während des Einlaufs der Gladiatoren und auch deren Verzehr von

Grillwürstchen soll Livemusik stattfinden. Ich spiele Conga und Percussion und begleite die beiden Bergkamener Lokalmatadoren Buck (Gitarre) und Sven (Piano). Wir kommen eine Stunde später als geplant gegen elf Uhr abends am Spielort an, nachdem das Navi die Stelle am Waldrand natürlich zunächst nicht finden konnte. Die ersten wandernden Heimkehrer werden so gegen Mitternacht erwartet. Schon den ganzen Tag hat es wie aus Eimern geregnet, dazu gibt's den üblichen Temperatursturz, drei Grad im Mai. Die Zufahrt zur Bühne ist im Dunkeln kaum zu finden, nicht ausgeschildert und außerdem so derart matschig und ausgefahren, dass wir fast im Schlamm steckenbleiben. Der erste Kommentar eines Technikers: "Hier kannze aber nich paaken!" Dankeschön. Kaffe gibt's natürlich erst mal wieder keinen.

Die Grillbeauftragten mühen sich ab, die Kohle trotz des Dauerregens irgendwie in Gang zu bringen, der Bühnentechniker ist eher gelangweilt und checkt uns mit betonter Lässigkeit ein. Immerhin sind wir ja nicht AC/DC... Auf der Bühne zieht's gewaltig, außerdem ist es so derart kalt, dass Buck beschließt, noch mal nach Hause zu fahren und für uns warme Strickjacken und Parkas zu besorgen.

Eine knappe Stunde später kommt er zurück. Er ist natürlich mit seinen abgefahrenen Sommerreifen im Morast steckengeblieben, nach einer halben Stunde Kurbeln auf der Stelle im Wald hat er's dann wohl aber doch geschafft, außerdem hat er jetzt warme Sachen für uns dabei. Ein echter Held. Wanderer sieht man keine, vor lauter Bindfadenregen können wir nicht mal von der Bühne bis zum Würstchenstand sehen. Wir warten und reiben uns die kalten feuchten Hände, lieber Gott, lass jetzt Wanderer kommen, essen und gut ist! Nichts passiert. Inzwischen ist es kurz nach eins, der Techniker sitzt seit einer Stunde bewegungslos gekrümmt hinter seinem Mischpult und starrt auf sein Smartphone. Wir gehen von der Bühne und essen erst mal eine Bratwurst. Am Grill zischt und faucht es, von der Seite weht der Wind immer den Regen in die Glut. "Jeder nur eine, die sind ja eigentlich für die müden Wanderer!" mahnt der Veranstalter, die Frage nach Kaffee stößt auf allgemeines Unverständnis "Wieso, wir haben doch Bier hier!" Wir gehen wieder auf die Bühne.

Halb zwei morgens, der Organisator mit Handy hat Kontakt aufgenommen mit den Naturbezwingern: "Die haben sich verlaufen, sind aber jetzt wohl wieder auf Kurs, dauert noch!" Eine weitere Stunde des Wartens vergeht, wir sind inzwischen alle total durchgefroren und hundemüde. Die ungefähr zwanzig Bierbänke vor der Bühne versinken langsam im Schlamm. Der Techniker ist nicht mehr zu sehen, die Grillmeister haben inzwischen ihre Wurstprodukte selbst gegessen, eben wird noch ein neues Fass angestochen, durch Nebelschwaden nehmen wir noch Trinkgeräusche der Schank-Beauftragten vom Getränkestand wahr, ansonsten regiert die schwarze, nasse Nacht. Der Organisator meldet, dass einige Wanderer wegen des schlechten Wetters aufgegeben haben und sich irgendwo mit dem Auto haben abholen lassen. Der Rest sei aber unterwegs.

Kurz vor vier: Der Bühnentechniker ist immer noch verschollen, die Caterer haben sich scheinbar ins Auto zum Schlafen gelegt, wir sitzen auf der Bühne und wollen endlich spielen, bis Sven sagt: "Was machen wir hier eigentlich? Das hab ich aber in meinem Musikstudium nicht so gelernt" Wir lachen trotz der Kälte. Galgenhumor. Jetzt wird uns bewusst, dass wir seit sechs Stunden auf einer nassen Bühne einsam am Feldrand in der Nähe von Bergkamen sitzen, es ist dunkel, eiskalt und fast vier Uhr morgens, wir haben noch keinen einzigen Ton gespielt, für wen auch? Außerdem regnet es in Strömen, Kaffee gibt's keinen, inzwischen ist noch nicht einmal der Veranstalter aufzufinden. Wir scheinen die einzigen Überlebenden auf diesem Planeten zu sein.

Irgendwann tauchen zwei Gestalten aus dem Dickicht auf, wir hoffen zunächst, sie bringen endlich heißen Kaffee für die Musiker; beim Näherkommen sehen sie aber aus wie Robinson und Freitag oder zwei Überlebende aus "Soweit die Füße tragen", total durchnässt, apathischer Gesichtsausdruck und hundemüde. Sie schleppen sich zur Bühne. Kein Kaffee dabei. "Wo sind denn alle?" - Donnerwetter (im wahrsten Sinne) - das sind die beiden Wandersieger.

Die restlichen Wanderer haben sich offensichtlich mit dem Auto irgendwo abholen lassen oder sind von wilden Tieren im Wald gefressen worden. Jetzt müssen wir doch spielen, hat es geheißen, doch der Techniker bleibt verschollen, eigentlich ist außer uns niemand mehr da, wir spielen trotzdem was wie "Nights In White Satin" glaube ich, oder "Singin' In

The Rain", auf jeden Fall nicht "Das Wandern ist des Müller's Lust". Nach ungefähr zehn Takten blitzt es kurz, dann ist alles dunkel. Stromausfall. Die Natur hat den Waldrand endgültig zurückerobert. Wir packen in der Finsternis zusammen und versuchen, diesem unwirklichen Ort zu entkommen. Sollen doch der Kuckuck und die Nachtigall hier Musik machen, das geht auch ohne Strom. Und vor allem ohne uns.

*****

Die Idee, Konzerte an Plätzen stattfinden zu lassen, an denen man sie nicht vermutet, kann aber auch ein interessantes Konzept von Veranstaltern sein. Tapetenwechsel schafft immer neue Aufmerksamkeit. Dieses Konzept setzten die Veranstaltungen der "mommenta" in Dortmund um.

So werde ich zu einem "mommenta"-Festival eingeladen, ein Konzert zusammen mit meinen beiden Schlagzeuger-Kollegen Michael "Pezi" Peters-Thöne und Christoph Haberer zu spielen. Mit Vergnügen! Ein Konzert mit drei Schlagzeugern, ich freu mich!

Unsere Herausforderung ist nun, ein halbstündiges Konzert zu konzipieren, das in einem leer stehenden Flugzeughangar am Dortmunder Airport stattfindet! Eigentlich für ein feststehendes Programm eines Percussionensembles denkbar ungeeignet, aber in diesem Fall denken wir uns extra Musik aus, die in dieser ungewohnten Akustik funktioniert. Im Vorfeld machen wir einen Ortstermin mit einem Organisator und Flughafen-Schlüsselbefugten. Einfach so mal eben übers Rollfeld laufen oder auf das Gelände in einen Hangar gelangen, geht natürlich nur unter Aufsicht und unter umfangreichen Sicherheitsvorkehrungen. Unser Auftrittsort ist ungefähr hundert Meter breit, siebzig Meter lang und zwanzig Meter hoch. Zu Dekozwecken wird nur ein kleiner Flieger in der ansonsten leeren Halle stehen, wir sind spontan begeistert.

Ein kurzes Klatschen in die Hände lässt eine Ahnung von der Nachhallzeit aufkommen, Wahnsinn! Wir planen, uns in Kreisform in der Mitte des Hangars aufzubauen, das Publikum steht um uns herum. Von der Decke wird eine Licht-Traverse in Kreisform, ähnlich wie ein Adventkranz in einer Kirche, heruntergelassen werden. Diese runde Traverse hat einen Durchmesser von sechs Metern und wird beim Konzert nur unseren Spielplatz kegelförmig von oben wie bei einem Verfolger beleuchten.

Der Tag des Festivals: Wir rücken schon mittags an, bringen die ganzen Security und Pass- und Befugnis-Formalitäten hinter uns und fahren erst mal mit unseren Autos über das Rollfeld zum Hangar. Unsere Autos sind bis an die Decke beladen mit Geräuschinstrumenten aller Art, Drumsets, Gongs, Tamtams, Glocken, Becken. Wir bauen auf und proben. Wir arbeiten viel mit Flächensounds statt mit schnellen Zweiunddreißigstelfiguren. Für sowas ist die Akustik super. An bestimmten Stellen überfordern wir den Raum bewusst und es entsteht ein interessanter Klangbrei, aber gut gekocht! Um neunzehn Uhr werden die Besucher mit einem Bus zum Hangar gefahren, inzwischen wird es dunkel und die Licht-traverse beleuchtet unser Setup auf mysteriöse Weise. Die Becken und Tamtams glitzern und lassen eine gewisse Spannung und Vorfreude aufkommen.

Zunächst laufen die Zuhörer noch zerstreut durch die Halle und besehen sich das Flugzeug, das in einer Ecke geparkt ist. Weil der Hallanteil in der Raumakustik hier so groß ist, kann man bei Geräuschen nur schwer erkennen, aus welcher Richtung sie tatsächlich kommen. Das nutzen wir aus und beginnen das Konzert, indem jeder von uns drei Musikern aus unterschiedlichen Ecken der Halle mit einem kleinen Percussioninstrument Geräusche produziert, kurz, aber hörbar.

Die Gäste blicken sich suchend um und begeben sich langsam zum "Bühnenplatz", weil sie dort Musiker vermuten, auf eine hochgestellte Bühne haben wir ja bewusst verzichtet, wir sind auf gleicher Höhe wie die Zuhörer. Wir schleichen uns hinter unserem Publikum her, ab und zu ein Geräusch abgebend, bis wir bei unserem Instrumenten-Setup angekommen sind. Dort beginnen wir mit einem Klangteppich aus Beckensounds, Tamtams, Gongs und Rolls, später versehen mit einzelnen Akzenten. Wie schön es sein kann, als Schlagzeuger zwischen einzelnen Schlägen sechs Sekunden Pause zu lassen und dem Verschmelzen des Klangs mit dem Nachhall zu genießen! Auch das Publikum ist ergriffen und begeistert.

Die Zeit vergeht wie im Fluge. Liegt es an dem Ort? Wir spielen noch einige arrangierte Percussionstücke von Christoph in ungeraden Taktarten und beenden das Konzert mit einem fulminanten tutti. Nach dem letzten gemeinsamen lauten Schlag, ähnlich dem finalen Donnerschlag am Ende eines gelungenen Feuerwerks, gehen die Scheinwerfer aus und alle lauschen mit weit aufgerissenen Augen und Ohren, wie das ganze Konzert noch ungefähr zwanzig Sekunden in der Luft stehenbleibt. Ich bin gerührt, das Publikum applaudiert und ist ebenso begeistert von der Idee, Musik mal so stattfinden zu lassen, wenn sie abgestimmt ist auf die Lokalität.

Wir lassen erst mal unsere Instrumente in der Halle und wollen am nächsten Tag abbauen. Jetzt gibt es noch zwei weitere Kurzkonzerte zu hören: Am Rande des Rollfelds steht eine Opernsopranistin auf den Stufen einer freistehenden Treppe auf Rollen, mit der man eigentlich in ein Flugzeug gelangt. Die Showtreppe schlechthin! Stairway to heaven! Ein sehr schönes Bild.

Ein zweites Konzert wird von einem Blechbläserquintett gespielt. An einer anderen Stelle des Rollfelds steht ein riesiges rundes Gebilde, das aussieht, wie ein Luftfilter beim Auto, nur in XXXXXXL. Zwei halbrunde Wände mit speziellem Isoliermaterial, ungefähr acht Meter hoch und auf Rollen, werden benutzt, um Flugzeugturbinen damit zu umschließen. Anschließend macht man Lärmtests darin. Also gerade richtig für Blechgebläse! Auch diese eher trockene Akustik ist eher ungewohnt für Blasinstrumente und erschwert wohl die Ausführung, ist aber in jedem Falle spannend. Die Zuhörer belohnen auch diese beiden konzertanten Erlebnisse mit viel Beifall.

*****

Einige Jahre später gibt es ein erneutes Engagement für das "mommenta"-Festival. Diesmal ist das Dortmund-Harlem-Trio dran, das ja bekanntermaßen immer für ungewöhnliche Events zu haben ist. Musik an ungewöhnlichen Orten heißt diesmal für uns: Das Trio in der Besetzung Kontrabass, Saxofon und Schlagzeug spielt in der Straßenbahn zwischen Dortmund-Kirchlinde und Dortmund-Aplerbeck, einen Nachmittag lang.

Ich besorge mir eine extra kurze Bassdrum und stelle mir eine Sparausgabe von Drumset zusammen, Platz schaffen für eine Band kann man natürlich in einer Straßenbahn nicht. Die Sitze sind ja alle fest verschraubt, wir müssen also mit dem Platz auskommen, der vorhanden ist. Uns zur Seite gestellt ist ein Mitarbeiter der Verkehrsbetriebe, der im Bedarfsfall alles erklären und die Rechtmäßigkeit der Veranstaltung bezeugen kann. Er hilft uns beim Einladen und Aufbauen. Los geht's, die Bahn schwankt und ruckelt, bremst und schiebt, bei dieser Wackelei einen Kontrabass festzuhalten, dabei nicht umzufallen und sogar noch gut zu intonieren, ist schon eine Kunst für sich. Mit drei Promille in einem Jazzclub auf der Bühne zu stehen und zu spielen, erzeugt ja ein sehr ähnliches Gefühl, aber das ist eine andere Geschichte.

Wim spielt auf dem Saxofon alles auswendig, müsste er Noten lesen, würde ihm wahrscheinlich übel werden. Ich bin der einzige, der sitzen darf, obwohl ich doch schon zwanzig Jahre gesessen habe (haha...!). Wir spielen "Meet The Flintstones", "Harlem Nocturne", "Moon Over Bourbon Street" "Für

Dich soll's rote Rosen regnen", die Fahrgäste versuchen entweder, uns zu ignorieren, oder zeigen Begeisterung ob der überraschenden Abwechslung in der Bahn.

Sogar überwiegend ältere Bahnfahrer finden das super und sprechen uns an. "Hey, das könnt ihr gerne jeden Tag jetzt so machen!" Interessant ist eine Gruppe von vier Punks, die sich in einem Vierer-Sitzblock lümmeln und peinlich wegsehen. Ich spreche sie an und einer sagt: "Dürft ihr das denn überhaupt? Habt ihr eine Genehmigung?"

Eigentlich hätte ich von beiden Zielgruppen genau gegenteilige Äußerungen erwartet, da sieht man mal, das bei Musik an ungewohnten Orten auch die Reaktionen unerwartet sein können.

Richtig hoch her geht's dann in der Rush-Hour, Frauen mit Kinderwagen und Radfahrer zwängen sich in die Bahn, es wird noch enger, wir spielen auf Zuruf für 's Baby "Lullaby Of Birdland", für die hübsche Blondine "Angel Eyes" und für den Fahrer "Route 66".

Jeden Fahrgast begleiten wir eine kurze Strecke mit Musik, einige auch die ganze Linie lang zwischen Kirchlinde und Aplerbeck, immerhin eine gute halbe Stunde. Ein begeisterter Rentner bleibt die ganze Zeit sitzen, er hat 'ne Monatskarte, fährt mit uns die Strecke gleich fünfmal hin und her, für ihn spielen wir "Sentimental Journey", das kennt er aus seiner Jugend mit deutschem Text "Nimm mich mit auf eine kleine Reise". Er ist gerührt, hat Tränen in den Augen.

Irgendwann ist die Show dann zu Ende, wir bedanken uns und steigen aus. Hier ist diesmal alles wie geplant abgelaufen, skurril und schrill war's dennoch.

Musik und Polizei

Musik und Polizei gehören scheinbar irgendwie zusammen. Nicht nur, dass die Ordnungshüter manchmal dafür sorgen, dass man als Musiker nicht zu lange arbeitet..., in einigen Fällen sorgen sie auch dafür, dass man zu arbeiten hat, oder rechtzeitig zur Arbeit kommt.

Ich spiele mit meiner ersten Bluesband „Railroad" auf einer Abifete. „Abi 1980" steht, glaub ich, auf den Heckscheiben der VW-Käfer. Die Band gibt's erst ein knappes halbes Jahr, schon haben wir den dicken Fisch an der Angel. Ein Abiball ist eigentlich ideal für eine Bandpremiere, das Publikum ist schul-erleichtert und auf jeden Fall erst mal kritiklos in Feierlaune.

„Railroad" spielt rockigen elektrischen Rhythm and Blues in der klassischen Besetzung Gitarre-Gitarre-Bass-Schlagzeug-Gesang. Wir haben aber noch zusätzlich unseren E-Geigen-Joker. Unser Sänger H.C. hält sich für die Reinkarnation von Eric Burdon, obwohl der noch quicklebendig ist. Abi, unser Bassist, wird später mal Techniker und Roadie bei Deep Purple werden, aber davon weiß er jetzt natürlich noch nichts. Der Sologitarrist nennt sich aus irgendwelchen Gründen „Rotkohl", er ist der beste Musiker in der Band. Rhythmusgitarrist Gunter wechselt später zum Tenorsaxofon, mit ihm werde ich fast dreißig Jahre später nochmal spielen. Der Geiger Jörg hat eine klassische Vorbildung, er kennt sich mit Musiktheorie am besten von uns aus und spielt doch nicht wie ein Klassiker, er gibt richtig Stoff und bereichert die Band.

Ich bin der Jüngste, hab ein bisschen Jazzerfahrung, die älteren Rocker sagen immer zu mir: „Mensch Alter, die Snare muss du noch viel, viel lauter spielen, sonst rockt das nicht!" Ich gebe mir alle Mühe und spiele mir regelmäßig die Finger blasig, bis es blutet. Nun sind wir hier in dieser Schulaula und unsere Premiere steht bevor. Wir haben aufgebaut; Erfahrung beim Soundcheck mit Verstärkeranlagen, die meistens eine zusammengeliehene Ersatzteilsammlung sind, haben wir nicht. Alles pfeift und koppelt, bis sich die Zehennägel aufrollen. Es ist bereits nach 23 Uhr, wir spielen spät, vorher gab's ja noch Abba-Disco für die Weicheier unter den Abi-Absolventen. Die Tanzwütigen haben schon in der Disco-Konserven-Phase der Festivität so dermaßen abgeölt (es ist schließlich Sommer), dass die Suppe nur so an den Fenstern runter läuft.

Also erst mal alles aufreißen und frische Luft rein lassen. Aber ja nicht wieder schließen, damit auch niemand erstickt. Um zu verhindern, dass sich die Feiermeute erst mal eine Auszeit nimmt und raus läuft, gehen wir nun umso überzeugter ans Werk.

Englischer Soundcheck, heißt: Zunächst alles voll aufdrehen und dann ganz langsam zurück, bis es gerade nicht mehr pfeift. Die erste Gitarren-Wand erfasst die Jubilare der Frontlinie und zeigt den Schülern in Freiheit, wo der Hammer hängt. Schließlich ist das ja kein Kindergeburtstag hier. Die jetzt erscheinende Aufsichtsperson in Form eines Lateinlehrers gebietet wild gestikulierend sofortigen Einhalt und, wer von den Lippen ablesen kann, nimmt Worte wie „Körperverletzung", „Sofortiger Abbruch" und „Polizei" wahr. Aber wenn der „Railroad"-Zug einmal rollt, dann gibt es keinen Rückfahrschein.

In der nun folgenden Stunde brüllt „Eric Burdon II" wie am Spieß, als ob ihm gerade der Railroad-Zug über die Zehen fahren würde, Rotkohl hat sein Hörgerät ausgeschaltet und wirkt ganz entspannt, er guckt ja sowieso aufs Griffbrett. Gunter gibt alles, hat noch Peter Bursch 's Gitarrenbibel aufgeschlagen, schließlich soll das Ganze ja mal nach „House Of The Rising Sun" klingen, alle Regler seines „VOX"-Verstärkers stehen auf Rechtsanschlag.

Wie ein Anschlag auf die Magengrube klingt auch Abi's Bass (tatsächlich, er wird Abi genannt, auch vor- und nach dieser Abi(tur)fete). In seinem „Orange"-Verstärker glühen die Röhren, als würden sie einem jeden Moment um die Ohren fliegen. Dazu schneidet er eine Grimasse, die kurze Zeit später Jack Nicholson auf dem Plakat von „Shining" kopieren wird.

Jörg, der Violinist bemüht sich redlich, die Elektronik zu bändigen. Seine Geige ist mit einem Tonabnehmer ausgestattet, mit dem man das Streichinstrument direkt an eine Verstärkeranlage anschließen kann. Jetzt kann er locker mit den elektrischen Gitarren mithalten, der *Pickup* lässt die Geige allerdings klingen, wie eine Fräse, mit der der Zahnarzt

Zahnstein entfernt (nur ungefähr 500mal so laut). Er fängt sich sofort unkalkulierbare Rückkopplungen ein, die postwendend ein nicht enden wollendes lautes Brummen und Pfeifen verursachen. Der Mob tobt und kennt keine Grenzen. Fliegende Stühle, Bierduschen, die ganze Bandbreite ausgelassener Teenager-Fröhlichkeit lässt die Stimmung eskalieren.

Inzwischen sind auch die Freunde und Helfer in (damals noch) grünen Jacketts zur Stelle, sie wollen uns aber bei der Beseitigung von *Feedbacks* auch nicht helfen, sie bieten nur an, den Strom abzustellen. Ein beschwichtigend auf die Ordnungshüter einwirkender Schülersprecher mit Hornbrille und Pickelgesicht gelobt Besserung. Daraufhin verschwindet die Polizei wieder, wartet aber wohl nur hinter der nächsten Ecke, um nach 10 Minuten wieder anzugreifen.

Wir sind natürlich nicht untätig und feuern die Meute an, das Abrücken der Einheit mit uns lautstark zu feiern. Es fallen Worte, die mit Verdautem und männlichen Weidetieren zu tun haben, dazu geben wir alles und quälen unsere Instrumente bis aufs Äußerste.

Die grünen Uniformträger grüßen schon gar nicht mehr, als sie zum zweiten Mal den Saal betreten. Sie kommen direkt vor die improvisierte Bühne und stellen ein 15-Minuten-Ultimatum, dann werden sie zu einem Autounfall gerufen und müssen den Rückzug antreten. Munter geht's weiter, einige Ex-Schüler haben große Lautsprecher in die geöffneten Fenster gestellt, einer hat ein Audiokabel bis auf den Schulhof gelegt und schließt gerade die Hausanlage daran an. Ein anderer Spaßvogel ist in die Hausmeister-Loge eingestiegen und hat den zentralen Knopf zur Betätigung der Schulklingel (hier in Form der klassischen elektrischen Pausentröte über dem Haupteingang) gedrückt und leider abgebrochen, es trötet in die Nacht hinein, als ob die Elefantenarmee aus dem Dschungelbuch durch die Stadt ziehen würde.

Inzwischen ist es halb drei, es wird schon fast wieder hell. Wir spielen immer noch, wegen mangelndem Repertoire fangen wir am Ende des Programmzettels immer wieder vorne an, das merkt eh keiner mehr hier. In einer kurzen Pause zwischen zwei Titeln ist jemand tatsächlich lauter als wir und die Schultröte zusammen:

Mit Martinshorn und Blaulicht fahren mehrere Mannschaftswagen auf den Schulhof. Die Ordnungshüter haben ungefähr 20 Kollegen eingeladen, mitzufeiern. In voller Festtags-Montur mit Overall, Helm und Plastikschild steigen sie aus und poltern den Schulflur Richtung Aula entlang. Das Pickelgesicht mit der Hornbrille hat uns aber rechtzeitig gewarnt. In der Zeit, als sich die Hüter der Nachtruhe mit den Initiatoren des Physik-Experiments auf dem Schulhof (die Lautsprecher und die Hausanlage) auseinandersetzen, bauen wir blitzschnell ab und verschwinden durch den Hinterausgang. Noch während wir einpacken, wird alles dunkel, irgendein Maulwurf ist schwach geworden und hat den Cops die Position des Sicherungskastens verraten.

Sicher so ein Weichei, das vor unserem Konzert zu „Gimme! Gimme! Gimme! (A Man After Midnight)" Disco-Fox getanzt hat.

*****

Manchmal kommt es aber ganz anders, was die Zusammenarbeit des Musikers mit der Polizei angeht.

Eines Samstagabends gegen 20 Uhr, ich hab spielfrei und will mich gerade auf dem Sofa breit machen, klingelt das Telefon: Reiner (Saxofon) ist dran, im Hintergrund lautes Gelaber und Partygeräusche: „Du hast also frei heute? Kannst du in einer dreiviertel Stunde in Essen sein, wir stehen hier auf der Bühne der Disco Soundso, 350 Leute davor und Roland (Schlagzeug) ist weder erschienen noch aufzutreiben, langsam wird's unruhig und wir müssen schnell ran!" Ich sage: „Okay, ich fahr sofort los. Welche Band spielt denn? Was wird denn überhaupt gespielt?" (Nach der Gagenhöhe zu fragen wäre in einer solchen Notsituation jetzt frech). Reiner: "Sag ich dir alles später, düs los!" Ich packe mein Jazzdrumset in meinen Fiat Uno und quäle den kleinen Italiener im roten Drehzahlbereich die knapp 90 Kilometer über die B1, die glücklicherweise um diese Uhrzeit einigermaßen gut zu bewältigen ist.

Jetzt nur schnell den Laden finden. Ende der Achtziger Jahre des letzten Jahrtausends hatte man es noch nicht so mit Navigationsgerätschaften, ich verfahre mich total und weiß eigentlich auch gar nicht, wie die Zieladresse ist. Mist! Zudem gibt es keine Möglichkeit, in die Innenstadt zu gelangen. Wegen einer Großkundgebung mit Demo und Umzug ist alles großräumig abgesperrt, überall sind rot-weiße Flatterbänder und Durchfahrt-Verboten! - Schilder. Keine Chance, dabei zählt doch wirklich jede Minute!

In meiner Not sehe ich einen Einsatzwagen der Polizei, die noch ein paar Restdemonstranten in Schach hält. Ich kurbele die Scheibe runter und frage eine Beamtin um die fünfundzwanzig: "Hey, guten Abend! Notfall. Ich muss sofort zur Disco Soundso, da warten 350 Leute auf mich!" Sie entgegnet trocken: „Heiß begehrt, so viele Dates auf einmal!" Ich erkläre schnell die Brisanz der Notlage und verweise auf mein Instrument hinten im Wagen, dann wendet sie sich an einen Kollegen, bespricht sich kurz und erklärt: „Ich weiß auch nicht, wo das Soundso ist, aber der Marc (Kollege) kennt den Laden, da kommst Du aber jetzt nicht durch, ist noch alles abgesperrt, außerdem alles Einbahnstraßen von der anderen Seite, wir fahren vor, fahr einfach hinter uns her!"

Zack! Sitzen die beiden im Einsatzfahrzeug, Blaulicht eingeschaltet, Tatü-tata und los geht's. Ich bemühe mich, den Anschluss nicht zu verlieren, immerhin hab ich nicht ganz so viel Routine darin, innerstädtisch mit 90 Sachen falsch rum durch Einbahnstraßen zu preschen, aber ich gebe zu, es macht Spaß, schließlich wird unser Kommen ja lautstark durch das Martinshorn angekündigt, ist ja scheinbar legalisiert in diesem Fall. Wir überqueren Hauptstraßen, überfahren dunkelrote Ampeln, filmreif, wie in einem Ami-Thriller.

Dann geht alles noch schneller: Wir kommen vor der Disco an, die wartenden Musiker und Gäste sind von dem Aufgebot tief beeindruckt. Die Polizei-Eskorte verabschiedet sich kurz („Wir hatten sowieso grad Feierabend, vielleicht kommen wir gleich noch vorbei"), irgendwelche Helfer zerren mein Schlagzeug aus dem Auto, Reiner erklärt, während wir die Disco betreten und von hinten auf die Bühne zusteuern:

„Wir spielen so was wie Hip-Hop, es gibt einen Rapper, einen Fusion-Keyboarder, einen Metal-Gitarristen, Ufo am Bass, mich am Saxofon, super, dass du jetzt dabei bist!"

Ufo läuft neben mir her und beatboxt mir ein paar Grooves ins andere Ohr, die gleich zu spielen sind und kritzelt mir ein paar Notizen mit Kuli auf eine Serviette, dann werden wir auf die Bühne geschubst und ich gebe 3 Stunde lang alles, schließlich habe ich ja nichts zu verlieren. Das Publikum ist begeistert und spürt, dass wir uns nicht schonen. Die Band spielt klasse und mit Elan, alles harmoniert, obwohl die einzelnen Musiker aus ganz unterschiedlichen Bereichen kommen, die Kombination rockt echt!

Ich höre, wie die Fans vor der Bühne alle Texte mitsingen und denke: Wenn die wüssten, dass der Drummer die Stücke noch nie im Leben gehört hat....

Als dann irgendwann die Show vorbei ist, sind alle am Ende ihrer Kräfte aber glücklich über den noch geretteten Abend. Ich packe mein Instrument wieder ins Auto und trete völlig übermüdet die Heimreise an, die B1 zieht sich endlos durch die Morgendämmerung, es ist bereits kurz vor vier.

Nach ungefähr eineinhalb Stunden bin ich fast da, nur noch gute 2 Kilometer trennen mich von meinem Bett. Dann, nachdem ich fast 10 Minuten vor einer roten Fußgängerampel mitten in der nächtlichen menschenleeren Pampa warten musste, und vor einer Baustellenampel ohne erkennbare Baustelle fast eingeschlafen wäre, sehe ich eine euphorisch winkende Polizei-Kelle.

„Guten Morgen, Kasulke, Polizei Hemer, allgemeine Verkehrskontrolle. Einmal den Führerschein und den Fahrzeugschein bitte." Ich krame in meinem Handschuhfach.

„Wo kommen Sie denn jetzt her?" Wozu ist das jetzt wichtig, denke ich. Gibt es irgendeinen Ort auf der Welt, von dem ich jetzt nicht hätte kommen dürfen? „Aus Essen" erwidere ich müde.

„Was transportieren Sie denn da?" Zu viele Fragen für diese Uhrzeit. Ich sage müde: „Ich bin Musiker und komme gerade von der Arbeit. Kann ich jetzt weiterfahren?" „Welches Instrument spielen Sie denn?" Eigentlich sollte auch ein Polizist, der mit einer Riesentaschenlampe ins Auto leuchtet, wissen, dass man ein Saxofon nicht in 6 verschiedenen runden Koffern transportiert. Matt entgegne ich: "Schlagzeug", worauf der Ordnungshüter hellauf begeistert ist: „Super, Schlagzeug wollte ich als Kind auch immer spielen, darf ich mal sehen?" „Ist doch alles eingepackt, darf ich jetzt nach

Hause?" „Wissen sie, mein Neffe spielt auch Musik, er hat so eine Orgel mit allem drum und dran, er kann damit ein ganzes Orchester spielen!" „Ach" „Er hat sogar schon einmal auf einer Feier für die meine Tante Gerda ‚Für Elise' aufgeführt" „Tatsächlich". Halb sechs. „Er singt auch, warten sie, ich glaub, ich hab sogar eine Kassette im Auto" „Äh, Entschuldigung..." „Könnte ich sie nicht mal bekannt machen, immerhin haben sie ja das gleiche Hobby" „Vielen Dank, aber......ich hab gar keine Hobbys" . Fünf nach halb sechs. Ich falle gleich ins Koma. Ich will auch grad keine Kassette hören von einem Hobby-*Mucker* auf einer goldenen Hochzeit.

Ich begehe also Fahrerflucht oder so was und lasse den Beamten mit der komischen Dienstzeit verdutzt zurück. Vielleicht sollte ich beim Bäcker vorbei, der hat schon geöffnet. So habe ich innerhalb von 12 Stunden gleich zwei Begegnungen der besonderen Art mit der Polizei. Das sollten aber nicht die letzten sein.

*****

Am 3. Oktober 1994 soll der Tag der deutschen Einheit in Bremen auf dem Rathausplatz begangen werden, so richtig offiziell mit großem Bühnenprogramm, Politprominenz und Fernsehen. Peter Bursch (Gitarre) ruft an. Ich soll mit seiner Band Windrose auf der Hauptbühne spielen.

Am Tag zuvor ist auch schon Showprogramm, Udo Lindenberg spielt auf, ich sehe mir die Show im Fernsehen an. Auf dem Platz herrscht absoluter Ausnahmezustand. Ungefähr 12.000 Zuhörer werden durchgeschüttelt, Prügeleien, bengalisches Feuer, Flaschen fliegen. Einige Autonome mit anderen Feierbräuchen haben sich unter die Festgäste gemischt. Die Polizei ist natürlich mit etlichen Einheiten vor Ort, schließlich ist ja nicht irgendein Festtag. Offene Prügeleien zwischen beiden Parteien bestimmen das Bild. Als ich sehe, wie die Fetzen fliegen, denke ich: Auweia, genau dahin musst du morgen auch, mitten ins Auge des Hurrikans. Am nächsten Tag reist die Band dann nach Bremen, wir werden sofort von Ordnern in eine Seitengasse gelenkt und gelangen von da in den *Backstage*-Bereich, der gar nicht *backstage* ist, sondern in einem benachbarten Häuserblock. Wir werden instruiert, dass aufgrund der Krawalle jetzt nichts mehr anbrennen kann, weil die Polizei ihr Aufgebot drastisch verstärkt hat. Dann gehen wir aus dem Haus zur Bühne und ich traue meinen Augen nicht:

Der ganze Weg von der Haustür bis zum Bühnenaufgang ist von Grenzschützern mit Schildern, Helmen und Schlagstöcken gesichert, ungefähr 150 gepanzerte Ordnungshüter bilden ein Spalier für uns, damit wir ungehindert zum Auftrittsort gelangen können. Wow, denke ich, so müssen sich also die Stones mit ihrem Security-Personal fühlen. Gleichzeitig graut mir vor einer gewalttätigen Eskalation auf dem Platz durch autonome Flaschenwerfer mit Molotow-Cocktails.

Wir betreten also die Bühne und was sag ich, ein Meer von Grün tut sich vor uns auf, mit weißen behelmten Köpfen auf dem Rathausplatz sind inzwischen 5.000 Polizisten aufgelaufen, die Präsenz der Staatsmacht ist überwältigend. Wir spielen fast zwei Stunden, aber eigentlich nur für die Polizei. Nur ganz wenige „Normalbürger" haben nicht das Weite gesucht und stehen irgendwo am Rand des Geschehens, um uns zuzuhören. Eigentlich verständlich, so richtig gute Live-Konzert-Stimmung kommt da natürlich nicht auf. Ein etwas beklemmendes Gefühl für uns Musiker, auch wir fühlen uns von der Menge der Polizei erdrückt. Mir kommt es vor, als hätte die GSG-9 einen runden Geburtstag zu feiern und sämtliche Polizei-, Grenzschutz- und Sonder-Einheiten wären eingeladen, nur will keiner tanzen, man steht da und wacht.

Zu dem Zeitpunkt ahne ich noch nicht, dass ich 15 Jahre später mal selbst zeitweise eine Polizeiuniform trage und ein halbes Jahr lang als Aushilfs-Drummer bei der Landespolizei-Bigband spiele.

Funk und Fernsehen

Medien gehören zur Musik dazu. In den Medien wird der interessierte Zuhörer/-schauer ja oft erst mal aufmerksam gemacht auf ein bevorstehendes Konzert. Die Zeitung kann hinterher drüber schreiben oder kritisieren, Radio und Fernsehen oder das Internet können den Zuhörer sogar noch im Nachhinein daran teilhaben lassen. Nur sind leider die Medien nicht spezialisiert auf Musik, natürlich wird genauso über den Kaninchenzuchtverein berichtet.

Das hat zur Folge, dass es der Musiker bei der Zusammenarbeit mit den Medien nicht immer mit kompetenten Menschen auf dem Gebiet der Musik zu tun bekommt. So wird bei vielen Tageszeitungen zum Beispiel mit Textbausteinen gearbeitet, in der Konzertnachlese eines Jazzkonzerts erscheint mit 98-prozentiger Sicherheit der abgedroschene Satz: "Die Band heizte den Zuhören mächtig ein" oder "Da konnte kein Fuß ruhig bleiben", gefolgt von "Gänsehaut pur" (wird aber eher nach Schlagershows benutzt), außerdem immer wieder zu lesen:" ...beherrschte sein Instrument vollkommen". Ein Jazzmusiker ist schließlich kein Diktator, ein Musikinstrument wird gespielt, und nicht beherrscht, damit am Ende Musik rauskommt. Hat ein Musiker zudem Musik studiert, liest man unweigerlich: "...hat das Instrument von der Pike auf gelernt". Auweia, wie altbacken. Die Pike war im alten Heereswesen eine Infanterielanze, die als einfachste Waffe des Rekruten und Infanteristen galt. "Eine Heereslaufbahn durchlaufen" wurde seit dem 18. Jahrhundert als "von der Pike auf dienen" bezeichnet.

Der Gebrauch dieser Textbausteine ist wahrscheinlich auf zwei Umstände zurückzuführen:

1. Der Journalist war nur zu Beginn des Konzerts anwesend, hat ein Foto gemacht (oft werden Musiker vor dem Konzert aufgefordert, für ein Pressefoto zu posieren) um dann sofort wieder zum nächsten Termin zu eilen. Wer das Konzert nicht miterlebt hat, kann natürlich auch nichts Aussagekräftiges darüber schreiben und muss sich mit allgemeinen Worthülsen behelfen.

2. Der Journalist interessiert sich nicht für Jazz und hat Angst, sich falsch auszudrücken.

Der letzte Fall ist mir viel lieber, er kann dann zum Beispiel über die Atmosphäre/Stimmung oder die Reaktion des Publikums schreiben. Man muss keine Major #11-Akkorde analysieren, um über ein Konzert zu berichten, aber bitte, bitte nicht mehr "mächtig einheizen" und "beherrschen".

Ich erinnere mich an ein Jazzkonzert, Sonntagmorgen, intime Atmosphäre, wir spielen fast nur Balladen, ungefähr 40 Zuhörer in einem kleinen Raum einer Kunstgalerie, nahezu magisch, wie sensibel und feinfühlig Publikum und Musiker in derselben intimen Stimmung quasi verschmelzen. Man kann jeden Atemzug hören. Am nächsten Tag ist ein treffendes Foto in der Zeitung, die Musiker mit gesenkten Köpfen, der Kontrabassist umarmt gerade sein Instrument während eines zarten Solos, die Zuhörer sitzen gebannt und regungs-los davor. Die Bildunterschrift:

"Das Jazzquartett heizte den Zuschauern mächtig ein. Da konnte kein Fuß ruhig bleiben"... Aber oft geht es noch schlimmer zu. Pannen passieren überall.

1987 spiele ich mit der HSK Bigband eine Tour in Schott-land. Zunächst fahren wir mit dem Bus nach Rotterdam, von da aus mit der Fähre weiter nach Hull. Kurz vorher hatten wir mit "Rhythm 'n Reeds", einer 7-köpfigen Jazzformation Aufnahmen gemacht, eine EP war es geworden, also eine Vi-nyl-Platte, mit vier Titeln drauf, unter anderem "The Pink Panther Theme". Auf einer EP sind zwar nicht so viele Titel drauf wie auf einer LP, sie wird aber trotz ihres Durchmes-sers (wie eine LP) mit der Abspielgeschwindigkeit von 45 Umdrehungen pro Minute abgespielt (im Gegensatz zur LP, die mit 33 Umdrehungen pro Minute abgespielt wird). Dadurch ist die Klangqualität besser. Damit nichts schief ge-hen kann, ist die Abspielgeschwindigkeit auch nochmal auf dem Cover und dem Label vermerkt.

Vier von sieben Bandmitgliedern von "Rhythm 'n Reeds" spielen ebenfalls in der HSK Bigband. Wir sitzen also im Bus auf der Autobahn Richtung Rotterdam und Härte, der Leader der Bigband als auch von "Rhythm 'n Reeds" sagt zum Bus-fahrer: "Schalt doch mal das Radio ein, gleich wird unsere Rhythm 'n Reeds-EP im WDR vorgestellt!" Wir sind alle be-geistert, befinden uns ja noch im Sendegebiet und fragen uns, welcher Titel denn wohl gespielt wird, vielleicht sogar zwei?

Kurz danach wird im Radio anmoderiert. Es ist die Rede von eigenwilliger Bearbeitung und speziellem Bandsound. Dann sind die ersten Takte von "The Pink Panther Theme" zu hören. Uns entgleisen sofort kollektiv die Gesichtszüge. Der Hornochse von Techniker spielt den Titel mit 33 Umdrehungen ab, was zur Folge hat, dass die Musik nicht nur sechsundzwanzig Prozent langsamer, sondern auch tiefer klingt. Der Panther wirkt, wie ein alter Ackergaul mit Gicht in den Knochen auf dem Weg ins Schlachthaus. Ein tiefes, lahmes Brummeln schleppt sich quälend durch den Äther, wir sitzen im Bus und können es nicht fassen! Das muss doch jemand merken in Köln!

Die normale Reaktion eines Technikers wäre jetzt gewesen, einmal kräftig zu Husten und dabei schleunigst auf 45 Umdrehungen umzuschalten! Aber nein, das Musikstück wird gnadenlos zu Ende gespielt, dann folgt auch noch "After Another Eight", ein Titel, der eigentlich die gleiche Vitalität wie "Take Five" hatte.... zäh wie Kaugummi und dumpf wie ein Kofferradio, das unter dem Sofa liegt. Grausam, und niemand beim Funk bemerkt es.

Wir weisen unseren Busfahrer an, sofort an der nächsten Raststätte rauszufahren. Härte sprintet zur nächsten Telefonzelle und versucht, in Köln beim WDR jemanden zu erreichen. Inzwischen müssen wir im Bus sitzend wehrlos alle vier Titel unserer neuen Platte derart verunstaltet über uns ergehen lassen. Nix "Gänsehaut pur", eher "Folter pur!"

Nach einer halben Stunde kommt Härte zurück zum Bus. Ein verantwortlicher Redakteur hat sich entschuldigt und bietet an, in der nächsten Sendung einen Titel noch mal in der korrekten Abspielgeschwindigkeit kurz anzuspielen, ein schwacher Trost.

*****

1991 spielen wir mit Beşçay zum wiederholten Mal im "Franz-Club" in Berlin. Der "Franz-Club" ist am Prenzlauer Berg auf dem Gelände der ehemaligen Kulturbrauerei und echt ein cooler Freak-Laden. Die Konzerte starten gegen 23:00 Uhr, danach, so ab 3:00 Uhr ist direkt Disco und Abtanzen bis zum Beginn des Frühstücksbuffets um 6:00 Uhr, viel geschlafen wird da nicht.

Die Anreise ist mal wieder eine echte Herausforderung. Bei Helmstedt stehen wir zunächst satte drei Stunden im Megastau, schließlich wird hier kurz nach der Wende gerade an den blühenden Landschaften gebaut. Zehn Stunden nach unserem Start in Dortmund erreichen wir dann endlich Berlin.

Als wir ankommen, finden wir *Backstage* auf einem unserer Plakate Grüße von unseren befreundeten Kollegen der Band Embryo, die vorgestern hier gespielt haben. Beşçay verbindet ja türkische Volksmusik mit Jazz, dafür sind wir bekannt.

Für uns ist das aktuelle Konzert auch etwas besonderes: Das türkische Fernsehen TRT International hat sich angesagt und will einen Konzertmitschnitt machen, außerdem sollen Interviews mit uns Musikern stattfinden. Wir freuen uns drauf, immerhin ist TRT nicht nur europaweit, sondern bis nach Afghanistan zu empfangen (!). Es ist eines der ersten Beşçay-Konzerte, bei denen unser Pianist Hans mitspielt, er vertritt unseren Gitarristen und Oud-Spieler Yulyus, der leider krank ist und nicht mitfahren konnte. Die Besprechung mit den Fernseh-Leuten fällt kurz aus, die halten es schlicht und nehmen einfach das komplette Konzert mit einer Kamera in Fixeinstellung Totale auf.

Sie bieten an, ein Interview auf den nächsten Tag zu verschieben, nach dem Konzert ist es immerhin halb drei, wir verabreden uns also für den nächsten Morgen in Kreuzberg, wo Django 's Bruder Michael wohnt und die Band beherbergt.

Das Konzert ist wieder ekstatisch, Hans spielt überragend und ist fortan fester Bestandteil von Beşçay, er spielt sogar das bulgarische Stück "Smeceno Horo" ("Verrückter Tanz") in der Taktart 33/16 quasi vom Blatt runter. Respekt. Wir spielen ungefähr bis drei, anschließend wird ausgelassen gefeiert es gibt Raki und Rum aus Kuba, gegen sieben nehmen wir noch schnell ein Franz-Club-Frühstück ein und begeben uns dann auf den Weg nach Kreuzberg zu Django 's Bruder, der ja netterweise angeboten hat, uns Schlafplätze zur Verfügung zu stellen. Endlich pennen!

...Klingeling! Klingeling!! Um halb zehn klingelt das türkische Fernsehen. Mann, die hatten wir ja total vergessen! Viel Zeit haben die Jungs von TRT aber nicht, sie stürmen quasi die Wohnung und halten direkt drauf. Wir sind noch total zerknautscht, raffen eilig Schlafsäcke zusammen und sind bemüht, die Band zusammenzusuchen, die auf verschiedene Räume verteilt ist.

Um diese Uhrzeit und erst recht nach einer solchen Nacht mit vorangegangener achtstündigen Anreise ist aber natürlich noch niemand von uns Herr seiner Sinne, Django und ich sind die einzigen, die sich inzwischen an ihre Namen erinnern können.

Wir setzen uns also vor die Kamera und beginnen in dem kleinen Wohnzimmer von Michael auf die Fragen des Reporters vom türkischen Fernsehen zu antworten. Das Interview dauert entsetzlich lange, die Fragen werden auf Türkisch gestellt und zunächst muss ein Übersetzer uns immer noch erklären, was der Journalist eigentlich von uns will. Einen Maskenbildner gibt es leider nicht, wir sehen zerzaust aus, mit dunklen Ringen unter den Augen, und stammeln irgendwas ins Mikrofon.

Nach endlosen zwei Stunden - wir sind inzwischen fast wieder eingeschlafen - bittet mich der Redakteur, die Anfangsmelodie eines bekannten türkischen Antikriegsliedes zu singen, das wir bei dem Konzert - natürlich in Instrumentalversion - gespielt haben. "Jemen Türküsü", ein Stück im 5/4 Takt, das aber jeder Türke auf der Straße mitpfeifen kann. Ich gebe mich geschlagen und singe textlos die ersten Takte. Der Interviewer ist begeistert.

Das war 's! Das Fernsehteam rückt ab und verspricht uns, uns zu informieren, wann der Sendetermin ist.

Einige Wochen später wird Django in Dortmund an der Aldi-Kasse begeistert angesprochen. Ein türkischer Nachbar hat uns im türkischen Fernsehen gesehen. Der Nachbar arbeitet als Bergarbeiter im Schichtdienst. Weil er deswegen seine TRT Lieblingsmusiksendung immer verpassen würde, zeichnet er die Sendung regelmäßig auf Video auf. In nächster Zeit wird Django von allen türkischen Nachbarn im Viertel respektvoll gegrüßt. Wir leihen uns vom Nachbarn das Videotape aus und treffen uns zur Konzertnachlese.

Ohjeh! Es beginnt mit zwei verkommenen Gestalten, die auf einem Teppich sitzen und minutenlange Monologe murmeln, das Ganze ist natürlich türkisch übersynchronisiert. So können wir uns quasi endlich mal türkisch reden hören.

Aber es ist ein zähes Bild des Jammers, der Höhepunkt ist jedoch, wie eine Gestalt plötzlich zu Singen anfängt, schlimmer als die peinlichsten Out-Takes von DSDS Jahre später, das Grauen mündet in einer völlig unsensiblen Blende zum Konzert des Vorabends, es ist zwar dasselbe Stück, aber Tempo, Timing und vor allem Tonhöhe stimmen natürlich überhaupt nicht überein. Der Ton ist außerdem völlig verzerrt und mit viel zu viel zusätzlichem künstlichen Kitsch-Hall verunstaltet. Ich möchte sterben.

Noch lange Zeit erzählt Django 's Nachbar stolz, dass er ihn im Fernsehen gesehen hat, und ebenfalls sein Onkel, der in Aserbeidschan lebt und auch sein Schwippschwager in der Inneren Mongolei.

*****

In der kommerziellen Popmusikbranche ticken die Uhren zwar irgendwie anders, gekocht wird aber auch hier nur mit Wasser.

1999 ruft mein alter Studienkollege Pomez an, ein ganz hervorragender Gitarrist, der aber inzwischen viel produziert für zum Beispiel Sascha oder Ben. Er hat einen Rapper aus Hollywood aufgetan, für den er den Andrew Sisters Hit "Bei mir bist du schön" aus dem Jahre 1937, damals bekannt geworden durch das Gesangstrio, neu arrangiert hat.

Jetzt stehen ein paar Fernseh-Promo-Termine an, die es zu begleiten gilt. Dafür möchte er neben dem Rapper Kevin ein Gitarren-Jazztrio auf der Bühne haben und zwei Gogo-Tänzerinnen, die als heiße Krankenschwestern kostümiert mit extremst kurzen Röckchen und weißen High-Heels für den künstlerischen Durchbruch sorgen sollen.

Der erste TV-Termin ist für RTL und findet in Berlin in der Max-Schmeling-Halle statt. Die Show heißt "The Dome" und ca. achttausend Teenager werden für die Live-Aufzeichnung erwartet. Da an dieser Show ungefähr 100 Musiker und Tänzer beteiligt sind, wird die Band natürlich im Playback-Modus betrieben, heißt auf Deutsch: Tun "als ob" zur Musik aus dem Lautsprecher. *"Jazzbewegungen"* mal ganz anders. Wir haben aber natürlich den Anspruch, so zu spielen, wie es auch zu hören sein wird, damit es wenigstens ein bisschen authentisch wirkt. Bei so einer großen Show wird natürlich der Ablauf einen Tag vorher geprobt.

Wir fahren also nach Berlin und lernen Kevin, den Rapper kennen, er ist ein netter Typ, der sich freut, mal mit echten Musikern auf der Bühne zu stehen. Standesgemäß trägt er ein Baseball-Trikot, ein falschrum aufgesetztes Baseball-Käppi und ist mit Goldketten behängt. Die "Probe" stellt an den Tontechniker keine großen Anforderungen, schließlich muss er die Playback-Band nicht mikrofonieren, einzig das Gesangsmikrofon wird in die Halle und den Ü-Wagen übertragen, den Rest liefert der CD-Player.

Diese CD beinhaltet drei oder vier verschiedene Mixe des Hits, jeweils mit anderen Grooves und anders arrangiert. Wir erhalten die Info, dass wir zu Track 3, einem Half-Time-Shuffle, faken sollen. Die Firma Pearl hat mir ein Jazz-Drumset aufgebaut, das abgedämpft und so für Playback-Aufführungen präpariert ist, daneben ein Bühnenmonitor, auf dem ich das Playback höre. Nach endlosem Warten sind wir dann dran, spielen die Nummer zweimal durch, dann sind wir fertig.

Am nächsten Tag dann großes Kino: Wir fahren zur Halle und stellen unseren Opel Corsa hinter der Halle ab und steigen in eine offene, weiße Strech-Limousine um. Die fährt mit uns einmal um die Ecke zum Haupteingang, vor dem schon seit Stunden kreischende Teenies warten. Wir steigen aus,

Kevin gibt ein paar Autogramme, Küsschen hier, Küsschen da und wir gehen rein.

Unsere Garderobe ähnelt hier mehr einer Pennäler-Turnhallen-Umkleidekabine. Schlicht, aber geschmacklos. Denn wir sind ja nicht die einzigen Akteure hier. Neben uns "wohnen" DJ Bobo, Sabrina Setlur, Xavier Naidoo, Ronan Keating und Beyoncé Knowles.

Um die endlose Wartezeit bis zum dreiminütigem Auftritt zu überbrücken, hat der Veranstalter zweihundert (!?) Playstations im gemeinsamen *Backstage*-Bereich aufgebaut. Hier gibt es auch Buffet für die Musiker. Wir kickern mit DJ Bobo und verfolgen auf einem der zahlreichen Flachbildschirme, die an den Wänden installiert sind, den Ablauf der Show in der Halle über uns. Irgendwann werden wir in die Maske gerufen und ordentlich aufgehübscht.

Dem Trio wird die Jazzkeller-Blässe aus den Gesichtern gepinselt, unseren *Hupfdohlen* werden die Haare schön gemacht, Kevin wird nur abgetupft, als schwarzer Rapper ist er dunkel genug. Drei Stunden später ist es dann soweit, wir werden von einer Regie-Assistentin abgeholt und hinter die Bühne gebracht, auf der Ex-Spice-Girl Geri Halliwell gerade ihren Auftritt beendet.

Während Lou Bega auf der einen Bühne gerade die Leute verrückt macht, nehmen wir auf der zweiten Bühne unsere Plätze ein. Dann eine kurze Ansage, jetzt soll's losgehen. Showtime!

Ich warte auf den Playback-Start in meinem *Monitor*-Lautsprecher, aber vergeblich. Den hat nämlich niemand da hingestellt, wo er gestern noch stand, stattdessen höre ich ein dumpfes Grollen aus den *FoH*-Lautsprechern. Hat schon mal jemand versucht, in einer Halle mit zehntausend Plätzen einen Musiktitel zu erkennen, wenn man fünfzehn Meter hinter den Saal-Lautsprechern sitzt? Irgendwann bemerke ich, dass es sich schon um unser Stück handelt, ich mache also *Jazzbewegungen* zu Track 3 auf unserer Hit-CD, in feinster Half-Time-Shuffle Manier.

Nach einer Minute stelle ich fest, dass der Techniker nicht Track 3 angewählt hat, sondern Track 2, die Disco-Version! Mit einem komplett anderen Groove, das ist ja wohl die Höhe! Hat nur ein Mikrofon und einen CD-Player zu bedienen und verbockt es trotzdem! Dilettant! Schließlich handelt es sich nicht um eine Aufführung des Kindergartens auf einem Gemeindefest, sondern um eine der größten Shows im deutschen Fernsehen! Unfassbar! Jetzt bin ich zwei Tage unterwegs für einen dreiminütigen Fernseh-Playback-Auftritt und dann so was! Ich bin stinksauer.

Da ich ja kaum etwas höre, konzentriere ich mich auf das Optische. Unsere Tänzerinnen kokettieren und wackeln und stelzen nach allen Regeln der Kunst, die Kameraleute halten drauf oder eher drunter, schließlich hat der RTL-Zuschauer ja auch ein Recht darauf, zu wissen, ob die heißen Krankenschwestern noch Angora-Unterwäsche unter den knappen Röckchen anhaben oder nicht. An der Bühnenseite sind zwei

Hilfskräfte mit gigantisch großen Besen damit beschäftigt, einen Riesenberg von Plüschtieren zusammenzufegen, die von Fans auf die Bühne geworfen wurden. Natürlich nicht für das Jazz-Begleittrio, sondern für unseren smarten Chef-Rapper. Der posiert und ruft ab und zu ein "Yeah, yeah!" in die "Gesangs-"pausen. Dabei brüllen achttausend Teenager wie am Spieß, so was müsste man sich mal im Jazzclub vorstellen! Meine Sorge, jemand könnte die Playback-Show als Playback-Show enttarnen, weil meine Bewegungen gar nicht zum Gehörten passen, relativiert sich aber, als ich einige Wochen später die Aufzeichnung von "The Dome 11" im Fernsehen verfolge. Das Jazztrio ist natürlich nur Staffage, die Schnitte im Video sind so schnell und die Schlagzeug-Sequenzen im Millisekundenbereich, ich hätte auch dasitzen und in der Nase bohren können, ohne dass es jemand gemerkt hätte. Deutlich zu erkennen ist aber die Tatsache, dass die Schwestern KEINE Angora-Unterwäsche tragen! Das war also das.

*****

Ein paar Tage später soll "Bei mir bist Du schön" also in gleicher Form im "Maus-Club" im WDR-Fernsehen stattfinden. Wir sind der einzige Musik-Act in der Sendung, die ist ja für Kinder und wird auch aufgezeichnet. Die Kids lieben Kevin, ebenso umgekehrt.

Es gibt kurz nach Mittag einen Probedurchlauf und eine Beleuchtungsprobe. Wir spielen unseren Song zweimal durch, die Kameraleute nehmen schon mal ein paar Sequenzen auf, die dann hinterher in das Video reingeschnitten werden. Dann gehen wir in unsere Garderobe, noch eine Stunde bis Publikumseinlass und Aufzeichnungsbeginn. Dann klopft es an der Tür, eine Mitarbeiterin des Senders mit Klemmbrett und halber Brille, sozusagen das Fräulein Rottenmeier des WDR, betritt den Raum und knöpft sich gleich unsere reizenden Gogo-Tänzerinnen vor.

"So geht das auf gar keinen Fall, meine Damen, das hier ist eine Sendung für Kinder, diese kurzen Röcke gehen gar nicht! Und außerdem diese Stilettos..." "Entschuldigung, wer sind denn Sie eigentlich?" fragen die heißen Schwestern fast *unisono*. "Ich bin von der WDR-Sitte" meine ich Fräulein Rottenmeier sagen hören. "Warten Sie, wir haben hier was aus unserem Fundus!"

Sie verschwindet kurz und kommt dann mit zwei weißen, langen, weiten Krankenpflegerhosen, nebst zwei Paar Sanitätshaus-Latschen in Birkenstock-Optik zurück. Unsere heißen Schwestern sind sprachlos. Dann beginnt eine heftige Debatte zwischen Fräulein Rottenmeier und unserem Tourleiter, bis die Dame von der Sitte sagt: "Entweder so oder gar nicht!" Wir müssen uns fügen, oder der Auftritt fällt aus. Unsere heißen Tänzerinnen werden also auf weniger als Zimmertemperatur abgekühlt, ihre Stimmung gleich mit. Alle Schönheits-OP's und das ganze Training für so schöne Beine - alles für die Katz! (und das im "Mausclub").

Dann beginnt die Aufzeichnung und alle Kinder sind sofort von den netten Krankenschwestern begeistert! "Wenn ich mal ins Krankenhaus muss, dann wünsche ich mir solche Schwestern!" Unsere Ladies sind dann doch ganz gerührt und wir reisen zufrieden ab.

Das beste Publikum (und das ehrlichste!) ist doch das Kinder-Publikum.

*****

Ich hatte gehört, es hätte mal Zeiten gegeben, zu denen Menschen einfach gesungen und dazu auf Trommeln geschlagen haben. Später wurde dazu noch auf einer hölzernen Gitarre geschrummelt und auf einer Flöte gespielt - alles ganz ohne Strom! Und das alles sogar in der freien Natur. Sagenhaft! Doch inzwischen sind wir ja viel weiter entwickelt und schöpfen gerne alle Möglichkeiten aus, die uns die moderne Technik so bietet.

So um die Jahrtausendwende bin ich Mitglied einer visionären Band meiner Freunde Gisela und Hermann. Gisela spielt Saxofon, Hermann spielt Keyboards und verwaltet gleichzeitig einen bis an die Obergrenze hochgerüsteten Mac-Computer, von dem aus zusätzlich *Loops* und Sequenzen "abgeschossen" werden. Damit das alles auch pünktlich stattfindet, habe ich neben meinem Job als Percussionist noch die Aufgabe, *Cues* für die Band zu geben, damit alle sicher in z.B. den B-Teil des Stücks finden. Dazu habe ich die ganze Zeit einen Kopfhörer auf, durch den mir auf das rechte Ohr ein durchgehendes Metronom gespielt wird. Auf der linken Seite höre ich drei Takte vor Beginn eines neuen Teils einen Einzähler, einen Takt für mich zum Hören, in den folgenden zwei Takten zähle ich die Band ein. Außerdem spielt noch Martin mit, der muss bloß Bass spielen. Ach ja, Gisela hat noch ein winziges Keyboard vor sich stehen, mit dessen Hilfe sie ab und zu spezielle Sounds und *Samples* absondert.

Ein stressiger Job für alle! Die Tücken der Technik neben den Anforderungen der eigentlichen Musik in den Griff zu bekommen hat uns schon öfter den letzten Nerv geraubt. Jetzt wollen wir aber groß raus kommen mit dem Programm, das sogar tanzbar ist. Hermann kann seinem Computer zeitgemäße discotaugliche Grooves entlocken - das Publikum ist entzückt.

So freuen wir uns denn auch sehr über das Angebot des WDR-Rundfunks. Der will aus dem legendären Dortmunder Jazzclub Domicil ein Konzert von uns nicht nur aufzeichnen, nein - sogar live übertragen!

Wir rücken schon mittags an, es dauert ja schließlich eine kleine Ewigkeit, bis alles aufgebaut und verkabelt ist, besonders, wenn der Rundfunk noch mit im Spiel ist. Mit seinen vielen Keyboards, externen Soundkarten, Zuspielgeräten und Laptops sieht der Arbeitsplatz von Hermann eher aus wie der des Chefingenieurs der Nasa. Unter seinem Tisch erinnert ein buntes Gewirr aus 150 verschiedenfarbigen Audio-, Netzwerk- und Stromkabeln allerdings an einen Unfall in einer italienischen Spaghetti-Großküche.

Beim Soundcheck am späten Nachmittag wird dem Laptop doch ein bisschen warm und das Gerät mit dem Apfel drauf beschließt für sich erst mal eine kleine Erholungspause. Hermann hat alles im Griff: "Das gibt's schon mal, das ist normal, das liegt an der zu hohen Luftfeuchtigkeit im Raum!" Er fährt das Laptop runter und startet neu: Alles klar. Giselas Sparkeyboard ist dagegen sehr robust und alles andere als überlastet: für die erste Nummer im Programm namens "Bazar" ist sie für die *Atmo* zuständig.

Einziger Sound, der dem Keyboard zugeordnet ist, ist eine zehn Sekunden lange Aufnahme einer meckernden Ziege mit Hintergrundgeräuschen vom Markt in Bagdad.

Vor dem Konzert besprechen wir uns noch mit dem Regisseur und Aufnahmeleiter. Nach den Nachrichten soll die Liveschaltung in den Club starten, wir würden kurz angesagt werden und dann käme direkt die erste Nummer. "Tunlichst zu vermeiden ist ein Sendeloch", schärft er uns ein, "keine Generalpause, die länger als eine Sekunde ist. Stille im Radio bedeutet, der Hörer sucht sofort einen anderen Sender und Du bist ihn los! Das gibt Ärger!" Das leuchtet uns ein und wir geloben, alles zu tun, um den kulturbegeisterten Kunden am Endgerät bei Laune und auf der Sendefrequenz zu halten.

Das Publikum im Club ist ebenfalls unterrichtet, dass das Konzert heute Abend live über den Äther geht. Es herrscht eine andächtige Stille, als kurz vor den Nachrichten Hermann die Bühne betritt und schon mal alle Gerätschaften einschaltet, hochfährt und auf Betriebstemperatur bringt. Wir nehmen ebenfalls unsere Plätze auf der Bühne ein und ich setze den verhassten Kopfhörer auf.

Jetzt kann's losgehen! Der Wetterbericht ist durch und es folgen die Verkehrshinweise (immer noch Stau auf der A 40!). Im nächsten Moment ist die Stimme des Moderators zu hören, der uns unter großzügiger Vergabe von Vorschusslorbeeren anpreist und allen Konzertbesuchern im Club sowie den tausenden Hörern an den Radiogeräten einen aufregenden Konzertabend wünscht.

Kaum fertig gesprochen, geht sein Arm herunter und er gibt uns das Zeichen, mit dem ersten Titel zu beginnen.

"Bazar" startet normalerweise mit einer Klangkollage aus Keyboardakkorden von Hermann und den *Atmo*-Sounds von Gisela aus dem Wochenmarkt in Bagdad. Nach ungefähr zehn Sekunden soll dann das eigentliche Stück losgehen. Ich soll die Band zum Metronom einzählen, Hermann würde die Melodie auf dem Keyboard beginnen.

Beim Zeichen des Moderators drückt Hermann den Intro-Akkord auf dem Keyboard und Gisela lässt auf dem Ein-Oktave-Keyboard die Ziege meckern. Von Hermanns Akkord ist allerdings nichts zu hören, auch mein Kopfhörer bleibt stumm, kein Metronom - kein Einzählen - keine *Cues*. Wiederholt drückt Hermann Tasten und schraubt an Knöpfen, dann zuckt er mit den Schultern, hebt die Arme in die Luft und taucht ab unter den Tisch direkt in das Spaghetti-Gewirr. Wir blicken uns kurz an, Gisela drückt beherzt immer wieder die Taste mit der Meckerziege ("Nur kein Sendeloch entstehen lassen!").

Hermann hat inzwischen den Fehler scheinbar lokalisiert und fährt das Macbook runter. Schade, dass auch sein Keyboard gerade nichts von sich geben will. In unserer Not spielen Martin auf dem Bass und ich auf verschiedenen Becken flächige Geräusche, dazu meckert inzwischen seit fast 2 Minuten unaufhörlich das arme Ziegentier.

Schön wäre, wenn der Zuhörer zu diesem Zeitpunkt etwas mehr über das geplante Musikstück erfahren würde, sprich, dass es jetzt endlich losgeht, aber es müssen wohl noch ein paar Treiber neu installiert werden und der Arbeitsspeicher des Apfelgeräts muss neu geladen werden...das kann dauern. Zur Sicherheit hat Hermann ein *Reset* vorgenommen, ich habe Sorge, dass er erst noch die Festplatte defragmentieren will. Währenddessen sehe ich den Moderator und den Aufnahmeleiter mit knallroten Köpfen im Hintergrund wild rumfuchteln.

Die Ziege nervt jetzt nach fast fünf Minuten wirklich, obwohl sie die einzige ist, die momentan Dienst nach Vorschrift tut. Nachdem sich die Firma Apple mit ihrer euphorischen Willkommens-Melodie meldet, die über alle Lautsprecher und Radiogeräte zu hören ist, sieht man Hermann, wie er sich mit zerzaustem Haar aus dem Kabel-Spaghettihaufen schält und mit triumphierendem Blick den *Sequenzer* startet. Der nächste Moment fühlt sich bei mir so an, als wenn mir jemand von beiden Seiten je eine Marmorfensterbank auf die

Ohren schlägt. Durch den *Reset* am Computer sind erst mal alle Lautstärke-Einstellungen zurückgesetzt (oder besser gesagt: auf maximal raufgesetzt). Das Metronom auf meinem Kopfhörer pickelt unablässig an mein Kleinhirn, ich habe den Eindruck, durch den beidseitigen Schalldruck fliegen mir gleich die Augen aus dem Kopf, ich reiße mir den Kopfhörer runter und höre erst mal gar nichts mehr. Gisela indes hat sich wieder ganz der Ziege gewidmet, das Stück scheint ja jetzt loszugehen. Hermann erwartet nun einen Einzähler von mir, ich klemme den Kopfhörer an meinem Hals fest, jeder Metronomschlag ist jetzt deutlich an meinem Kehlkopf zu spüren, ich zähle ein und wir stolpern irgendwie in "Bazar" rein. Gott sei Dank, die zweite Nummer ist echt gespielt, keine *Loops* oder Laptop-Unterstützung! Nach der dritten Nummer ist schon Pause. Krisensitzung *Backstage*.

Ich bestehe auf einen Notfallplan, der besagt, dass im Falle eines erneuten Ausfalls eines der Zuspielgeräte die Band das Stück einfach mit den normalen Instrumenten spielt, ohne zusätzliche Sounds von *Sequenzer* oder Laptop und auch ohne Metronom. Spielen wie normale Musiker. Bassist Martin ist auf meiner Seite.

Hermann hat sich inzwischen schlau gemacht und die wahrscheinliche Ursache für den Ausfall des Laptops aufgespürt.
"Nicht nur die hohe Luftfeuchtigkeit kann einem solchen Gerät zu schaffen machen, in manchen Fällen auch der zeitgleiche Einsatz verschiedener Programme in Verbindung mit

bestimmten weiteren Gerätschaften, die daran angeschlossen sind. Dazu können leichte Stromschwankungen im Club ebenfalls ursächlich sein, wenn man dann noch ein bestimmtes Betriebssystem nutzt."

"Das alles in Verbindung mit einer Nutzung an ungeraden Kalendertagen in Gegenden mit überwiegend katholischer Landbevölkerung..." gebe ich zu bedenken.

Daher bestehe ich auf dem Notfallplan, da wir meiner Einschätzung nach die Ursache nicht bekämpfen können. Wir gehen also wieder auf die Bühne, nicht jedoch ohne dass uns der WDR-Aufnahmeleiter noch gehörig den Kopf wäscht. "Leute, so geht das hier nicht!" wettert er. Dann das Übliche: Nachrichten, Verkehrshinweise, Anmoderation und - leider auch das bekannte Schulterzucken und der ratlose Blick von Hermann, dessen Laptop mit den aufwendig produzierten *Loops* und Sounds natürlich sofort wieder zusammenbricht.

Sofort schalte ich auf manuellen Betrieb um und setze den Notfallplan in Kraft. Ich nehme den Kopfhörer ab, blicke kurz zum Bassisten und zähle das Stück auswendig ein. Jetzt wird normal gespielt, dann kann es ja doch noch ein entspannter Abend werden. So grooven wir uns ein paar Takte lang ein, jetzt müsste doch Hermann einfach Keyboard spielen, der aber ist nicht mehr zu sehen. Er möchte den Rest des Abends wohl unter den Gerätschaften verbringen, er stöpselt unter dem Tisch und bootet neu. Ich rufe ihm zu: "Spiel jetzt einfach, Mann!" - da höre ich tatsächlich Geräusche, die von seinen Gerätschaften stammen!

Nur hat er leider den *Sequenzer* "repariert", der jetzt mit maschinellem Tempo gegen unseren Rhythmus rattert. Zusammen hört sich das in etwa an wie 37 zu 23. Aus den Boxen im Club und aus den Lautsprechern der Radios der Republik dröhnt ein undefinierbares Durcheinander, wie Wellensalat - ein Technokonzert findet im selben Raum statt wie ein Konzert einer Jazzband. Ich bin stocksauer und höre auf zu spielen, immerhin ordnet sich das Chaos dadurch ein wenig. Auch Martin lässt den Bass Groove ausplätschern, jetzt herrschen wieder Maschinen über das musikalische (?) Geschehen. Ich sehne mich nach Natur und einer Wandergitarre. Dazu zwitschern dann die Vögelchen, ach - Musik könnte so herrlich sein!

Erstaunlicherweise funktionieren die letzten drei Nummern mit allen technischen Raffinessen, das Publikum im Club ist begeistert. Trotz allem bin ich froh, als es irgendwann vorbei ist und die Nachrichten wieder auf dem Äther zu hören sind. Wie ich später erfahre, hat nach dem ersten *Set* der Tonmeister im Ü-Wagen den Kanal mit dem Ziegenmeckern vorsichtshalber stumm geschaltet.

Noch Monate später werde ich von Freunden angesprochen, die das Konzert im Radio gehört hatten: "Echt sehr abgefahren! Und erst diese ausgefuchste Polyrhythmik! Das ist doch die Band, wo diese Ziege mitspielt!?"

Musiker Slang-Wörterbuch

Musikersprache	Erklärung
...als ob was mit Oma wär	Kleiderordnungsanweisung: schwarzer Anzug
Akkordarbeiter	Bezeichnung für Pianisten, aber auch Gitarristen, bezogen auf ihre Funktion innerhalb der Band
Aquarium	ein häufig durch Glastrennwände abgeschirmter Raucherraum in Clubs, manchmal auch der separate Schlagzeugaufnahmeraum im Tonstudio - siehe auch "*Zwinger*"
Art Blakey	bekannter Jazzdrummer des modernen Hardbop-Stils, der in seinen eigenen Bands immer wieder auch auf talentierte Nachwuchskünstler baute
Atmo	Abkürzung für "Atmosphäre" im Sinne von Hintergrundgeräuschen, um eine gewisse Stimmung mit

entsprechendem akustischen Ambiente zu unterstützen

Aushilfskellner

gemeint ist hier der Ersatz- oder
Aushilfsmusiker, der wegen der
schwarz-weißen Kleiderordnung
und der damit verbundenen Verwechslung durch die Gäste, immer
wieder mit Getränkebestellungen be-
lästigt wird - siehe auch "*Sub*"

Backgroundmucke

Musikalisches Engagement zur
Unterhaltung im Hintergrund, siehe
auch "*Jazzbewegungen*"

Backstage

Raum für die Künstler hinter der
Bühne, in dem sich meist auch die
Künstlergarderobe und das *Catering*
(die Verpflegung) befindet

Bakschisch

Gage

Booker

Mensch, der sich um Auftritts-Enga-
gements für Musiker oder Ensembles
kümmert, indem er mit verschiedenen
Mitteln für die Band wirbt und den

ganzen Tag Veranstalter anruft, um sie zu überreden, die Band für ein Konzert zu buchen. Im Falle von Jazz ist der *Booker* meist einer der ausübenden Musiker selbst.

Brustheizung	Bezeichnung für Akkordeon (siehe auch "*Quetschkommode*" sowie "*Heimwehkompressor*")
Buddy Rich	amerikanischer, technisch sehr versierter Jazzdrummer und Bandleader (gest. 1987)
Catering	Verpflegung der Musiker mit Nahrungsmitteln und Getränken
Cecil Taylor	gilt als der einflussreichste Pianist des Free Jazz in den 1960er Jahren
Cue	Zeichen, das ein Musiker (oder Dirigent) den Kollegen gibt, um einen nahenden Wechsel (z.B. Strophe/Refrain) anzuzeigen. Der Einzähler ist z.B. auch eine Art *Cue*

Dämmfleisch	leicht abfällige Bezeichnung für hoffentlich zahlreich erscheinendes Publikum, das die Raumakustik dämpft, wenn es im Saal sitzt
Darbuka	traditionelle Handtrommel in Vasenform, verbreitet im gesamten orientalischen Raum
Davul	traditionelle türkische Basstrommel mit Naturfellen, typisch für Hochzeitsmusik in Kombination mit *Zurna*
Dengelengeleng!	lautmalerische Umschreibung für das (mehrfache) offene Anschlagen eines Gitarrenakkords
Double-Bass (1)	engl. Bezeichnung für Kontrabass (auch:"Upright Bass")
Double-Bass (2)	Bezeichnung für ein Drumset mit zwei Fußtrommeln (Bassdrums)
Eierschneider	Abfällige Bezeichnung für Banjo, wegen der klanglichen Ähnlichkeit zum besagten Küchengerät

Elvin Jones	neben *Tony Williams* DER Wegbereiter des modernen Jazzdrummings, 1960-1965 Mitglied in John Coltrane's Quartett
Fahrplan	Der aus den Sonderzeichen in den Noten hervorgehende Ablauf der einzelnen Teile des Musikstücks
Fahrstuhlmusik	Bezeichnung für gefällige, glatt gebügelte, langweilige Musik, oft im leichten Fusiongewand, geeignet, um kurze Fahrstuhlaufenthalte zu beschallen (nicht aufregend genug für alle anderen Zwecke)
Feedback	Signalschleife zwischen Tonerzeuger und Wiedergabegerät (z.B. Lautsprecher und Mikrofon), die sich immer weiter aufschaukelt und in lautem Pfeifen und Brummen mündet
FoH	engl. für "Front of House", gemeint sind die Lautsprecher, die den Saal beschallen und vor der Bühne platziert sind

Freelancer	freischaffender Musiker ohne feste Anstellung in einem Orchester
freie Wildbahn	bezeichnet die Arbeitsumgebung von freischaffenden Künstlern bei überwiegend nicht institutionalisierten Veranstaltern
Futzi	Ausdruck für eine Person, die eine scheinbar wichtige Funktion (z.B. Hausmeister oder Parkplatzeinweiser) innehat und dadurch glaubt, sie hätte hoheitliche Befugnisse
Gene Krupa	(1909-1973) Charismatischer Jazz–drummer der Swing-Ära, ihm ist es zu verdanken, dass ausgedehnte Schlagzeugsoli populär wurden
Gig	musikalisches Engagement eines Künstlers oder einer Band, oft für mehrere Tage/Wochen; inzwischen fast ausgestorben, daher heutzutage auch für "*One-Nighter*" benutzt
Gnadenhall	künstlicher Raum/Hall-Effekt, am

häufigsten von Sängern/Sängerinnen zur Vertuschung von Intonationsschwierigkeiten gewünscht

Gruftmucke musikalischer Auftritt in schwarzer Garderobe (meist Anzug oder Smoking, siehe auch "*Kutte*") in Kirchen oder bei Beerdigungen

Grütze Bezeichnung für ein misslungenes Solo oder eine uninspirierte Improvisation (vergl. auch "*Hirnpupe*")

Gung! lautmalerische Umschreibung für den Klang einer (Jazz)-Bassdrum (vergl. auch "*Wupp!*")

Hawaibügel Metallbügel an E-Gitarren, mit dem man die Saitenspannung und damit die Tonhöhe stufenlos verändern kann, siehe auch "*Jammerhaken*"

Heimwehkompressor Bezeichnung für Akkordeon (siehe auch "*Brustheizung*" sowie "*Quetschkommode*")

Henkelmann	Ältester Jazzclub Deutschlands, in Iserlohn, eigentlich "Hot Club 52 e.V."
Herr Rhodes/ *Herodes*	Pianist, der ein Fender-"*Rhodes*" E-Piano benutzt
Hirnpupe	Ironische Bezeichnung für kopfmäßig konstruierte, komplexe Musikkompositionen, die als Kunst wahrgenommen werden wollen, aber nicht grooven (vergl. auch: "*Grütze*")
Horn	Bezeichnung nicht nur für das Horn, sondern auch hier für Saxofon(e)/Section (engl.: "horns")
Hupfdohle	Bezeichnung für eine Tänzerin, die mit Tanzbewegungen optisch das Bühnenbild bereichern soll
Jammerhaken	Metallbügel an E-Gitarren, mit dem man die Saitenspannung und damit die Tonhöhe stufenlos verändern kann, siehe auch "*Hawaibügel*"

Jazzbewegungen	vom Musiker so genanntes, meist vom Veranstalter oder Gastgeber gewünschtes extrem leises Spiel, bei dem eigentlich fast nichts mehr zu hören ist
Joe Henderson	berühmter Tenorsaxofonist und Komponist des Modern Jazz, Freejazz und Rockjazz
Kasch-Kasch!	lautmalerische Umschreibung für zwei Schläge auf das Crash-Becken
Klassenfahrt	auswärtiges Konzert (meist im Ausland) und die damit verbundene Reise der Band
Kutte	feiner Anzug, meist schwarz, gerne in Kombination mit altmodischer Krawatte oder biederer Fliege, (siehe auch "*Gruftmucke*")
Lateinschlag	leicht abfällige Bezeichnung für einen lateinamerikanischen Rhythmus mit geraden Achtelnoten

Lick	eingeübte, vorgefertigte musikalische Lieblingsphrase, deren Anwendung bei Jazzmusikern wegen fehlender Eigenkreativität verpönt ist; trotzdem oft benutzt
Loop	eine Aufnahme wird am Ende gleich wieder von Beginn abgespielt und immer wiederholt, quasi als Schleife ("*Loop*")
Max Roach	(1924-2007) stilprägender, amerikanischer Jazzdrummer der Bebop- und Hardbop-Ära
MD	Abkürzung für "Musical Director", gemeint ist der Ensembleleiter /Dirigent
Monitor	Lautsprecherbox, die nicht zum Publikum gerichtet ist, sondern die Musiker auf der Bühne beschallt
Mucke, Mugge	Unterhaltungsmusikengagement, eigentlich Abkürzung für: "Musikalisches Gelegenheits Engagement",

meistens für Musik als Hintergrund-Geräuschkulisse

Multicore   Haupt-(Audio)kabel von der Bühne zum Mischpult, im *Multicore* sind alle Mikrofonleitungen gebündelt zusammengefasst in einem dicken gartenschlauchähnlichen Sammelkabel.

Musikmöbel   Ausdruck für sperrige Instrumente aus Holz, wie Kontrabass, manchmal auch Klavier

Nährschleim   (scheinbar pürriertes) verkochtes Restessen für die Musiker, aus dem die ursprünglichen Zutaten nicht mehr ausgemacht werden können, in Anlehnung an Astronautennahrung

Okay Temiz   türkischer Schlagzeuger, entwickelte in den 1970er Jahren die Verbindung von türkischer Folklore mit Jazz, heute als "Weltmusik" betitelt

Oma   Bezeichnung für Kontrabass (vermutlich wegen seiner Größe und schweren Handhabung sowohl beim Umgang mit der-/demselben, als auch beim Transport), im Gegensatz zum E-Bass

One-Nighter   musikalisches Engagement eines Künstlers oder einer Band für ein einzelnes Konzert

Ostinato   immer wiederholte musikalische Phrase zur Begleitung, begrifflich mehr in klassischer Musik benutzt (siehe auch: "*Riff*")

O-Ton   das Tonsignal, das später wirklich als Original- ("O")-ton verwendet wird, im Gegensatz zur nachträglichen Vertonung in der Post-Production

Performance   (von Jazzmusikern NICHT benutzter) Begriff für einen galamäßigen Kurzauftritt

Philly Joe Jones   (1923-1985) stilpägender amerikanischer Jazzdrummer, der 1955-

1958 in der Band von Miles Davis spielte

Pickup   eine Art Tonabnehmer/Mikrofon, in der Regel, um akustische Instrumente an Verstärkeranlagen anschließen zu können

Plecke   kleines Kunststoff- oder Hornplättchen zum Anschlagen/Zupfen von Saiten; eigentlich: Plektrum

Posaunenzug   gebogenes Rohr, das als beweglicher Teil der Posaune hin- und hergeschoben wird, um die Gesamtrohrlänge und damit die Tonhöhe zu verändern

Power On/Off   manchmal verwechselt mit dem Namen eines vermeintlich russischen Verstärkerherstellers "Poweronoff", den es ja gar nicht gibt. Gemeint ist der Hauptstromschalter

Predigt   nicht enden wollende Lobhudelei auf Jubiläumsveranstaltungen durch den Laudator oder Erläuterungen von

Statistiken und Geschäftsbilanzen durch den Chef auf Betriebsfeiern, bei dem alle Gäste einschlafen und die Musiker nicht spielen können und (noch) nicht an das Buffet dürfen

Propeller   eigentlich "Fliege", "Krawattenschleife" oder "Schleife" genanntes Accessoir am Hemdkragen; soll angeblich dem Trä–ger Eleganz verleihen

Psalmpumpe   Pseudonym für (manchmal in Kirchen noch vorhandenes) Harmonium

Puschels   Slang-Umschreibung für Pauken–schlägel

Quetschkommode   Bezeichnung für Akkordeon (siehe auch *"Brustheizung"* sowie *"Heim–wehkompressor"*)

Reset   Zurücksetzen aller Einstellungen eines Gerätes (meist Computer) auf die Werkseinstellung

Rhodes   Klassiker des mechanischen E-Pianos

216

der Marke Fender, brutal schwer zu transportieren
(siehe auch: "Herr Rhodes")

Riff   immer wiederholte musikalische Phrase zur Begleitung, oft von der Gitarre gespielt, wie z.B. in "Satisfaction" (siehe auch: "*Ostinato*")

rülpsender Bettpfosten   Umschreibung für Fagott (wegen seiner optischen und klanglichen Ähnlichkeit)

Sample   kurze Aufnahme eines Klangs oder Musikstücks, kann unbearbeitet oder mittels Filter- und Effektbearbei-tung von einem Keyboard durch Tas-tendruck auf die zugeordnete Taste wiedergegeben werden

Schaschlicks   Slang-Umschreibung für "Hot Rods" der Firma Promark für Drumsticks, die aus 19 einzelnen dünnen Holzstäbchen bestehen

Schießbude   landläufige, abfällige Bezeichnung für

Drumset/Schlagzeug

Schlampenpampe mit Reis	abfällige Bezeichnung für lieblos gekochtes Musikeressen
Schmackofatz	warmes Essen für die Künstler
Schmerzensgeld	Musikerhonorar für besonders anstrengende oder schwer zu ertragene Veranstaltungen
Schmonzette	kitschiger, abgespielter Schnulzentitel, bei Musikern verhasst, vom Publikum geliebt und immer wieder gewünscht, Beispiele: "Memories", "New York, New York" oder "My Way"
Schreng!	lautmalerische Umschreibung für das (einmalige) offene Anschlagen eines Gitarrenakkords
Schutzbefohlener	Musikschüler
Sequenzer	Ein Hard- oder Softwaregerät, mit dem man Teile eines Arrangements ordnen kann. Diese Sequenzen werden dann

	in der entsprechenden Reihenfolge abgespielt
Set	(1) Teil eines Konzerts, umfasst einige Musiktitel bis zur Pause (2) Kurzbezeichnung für Drumset
Setlist	Ablaufzettel mit der Reihenfolge der zu spielenden Titel
Showcase	(von Jazzmusikern NICHT benutzter) Begriff für Auftritt, Konzert
Sklaventreiber	Musiker, der einen Job ausgemacht hat, bei dem 6 *Sets* zu spielen sind und der in den Pausen seine Mitmusiker viel zu früh zum Weiterspielen animiert, um beim Veranstalter Punkte zu sammeln
SM 58	Klassiker des robusten Bühnengesangs-Mikrofons der Firma Shure
Speiseröhre	Klarinette in "Es"-Stimmung, auch Es ("Ess")-Klarinette genannt

Stan Getz	(1927-1991) berühmter Tenorsaxofonist des Modern Jazz, gilt alsMit–erfinder des "Bossa Nova"
Stricher	leicht abfällige Bezeichnung für eine Streicher-Gruppe, Geigen- Bratschen- oder Cellospieler
Strombass	elektrischer Bass, im Gegensatz zum (akustischen) Kontrabass
Stromgitarre	elektrische Gitarre, im Gegensatz zur (akustischen) Konzertgitarre
Sub	Ersatz (engl.: substitute), bezeichnet hier einen Aushilfsmusiker, siehe auch *"Aushilfskellner"*
Tanzmucke	siehe auch: *Mucke, Mugge*
Tatort	Auftrittslokalität
Technical Rider	Liste einer Band mit Angaben der benötigten technischen Ausrüstung, Aufzeichnung der Bühnenanordnung

und Beschreibung der Geräteerfordernisse für den fremden Audiotechniker, damit der sich auf das Konzert vorbereiten und die Ausrüstung besorgen kann.

Tony Williams (1945-1997) Neben *Elvin Jones* DER Wegbereiter des modernen Jazzdrummings, 1962-1969 Mitglied in Miles Davis' Quintett

Tretmine Bodengitarreneffektgerät wie Verzerrer, Delay oder Chorus, das mit einem Fußschalter aktiviert oder gesteuert werden kann

Trockeneis blöde Erfindung, wird benutzt, um mit einer Nebelmaschine die Bühne einzunebeln, ist zwar kein echter Rauch, sieht aber so aus, verursacht aber trotzdem einen trockenen Hals und Hustenanfälle

Trombose abfälliger Ausdruck für Posaune (engl.: "trombone")

Unisono	ital. für: zwei oder mehrere Instrumente spielen zur selben Zeit das Gleiche
Vamp	immer wiederholte musikalische (Begleit-)Phrase, oft auch eine wiederholte Akkordfolge (siehe auch: "*Riff*" oder "*Ostinato*")
Vorturner	Bezeichnung für Dirigent, wegen seiner scheinbar gymnastischen Bewegungen
Wupp!	lautmalerische Umschreibung für den Klang einer (Rock)-Bassdrum (vergl. auch *Gung!*")
zicken (1)	Umschreibung einer Spielweise, die nicht swingt und durch zu staccatoartige Phrasierung nach klassischer Art das ganze Stück kaputt macht; hier: Verbform ("Das zickt!")
zicken (2)	Umschreibung für das divenhafte Benehmen einer Sängerin, die im Umgang schwer zu ertragen ist und

immer eine Sonderbehandlung für sich beansprucht

Zurna

klappenloses Blasinstrument mit Trichterende, wird mittels Rohrblatt ähnlich einer Oboe gespielt, oft unter Verwendung von Zirkularatmung, klanglich eher wie ein Kirmeströter; beliebte traditionelle Besetzung für Hochzeitsmusik: *Davul-Zurna* (*Davul*=türkische Basstrommel)

Zwinger

separater Raum in Tonstudios, in dem Schlagzeug aufgenommen wird - siehe auch "*Aquarium*"

Der Autor

Benny Mokross ist freischaffender Musiker. Sein Hauptbe-
tätigungsfeld ist Jazz und Weltmusik. Als gefragter Allround-
Sideman hat er bis zum Jahre 2020 fast 3.000 Konzerte gespielt und ist auf über 60 LPs/CDs/DVDs zu hören.

Geboren 1965, hat er mit 5 Jahren seine ersten Drumset
Versuche unternommen, nahm Unterricht ab 1979, absolvier-
te 2 Meisterkurse bei Pierre Favre, dann ein Studium an der
Folkwang Hochschule Essen im Fach Jazz-Drumset 1988-1992
mit Diplomabschluss. Konzertreisen mit verschiedenen
Bands führten ihn nach England, Schottland, Frankreich,
Niederlande, Belgien, Österreich, Italien, Israel, Belarus, Indi-
en und die GUS.

Er war an Rundfunk- und Fernsehproduktionen beteiligt,
u.a. mit WDR, BR, Deutschlandfunk, Deutsche Welle, TRT
International, BBC, RTL, RMK, NBC-Giga u.a. Daneben war
er 1984 Geschäftsführer des mittlerweile ältesten Jazzclubs
Deutschlands "Henkelmann" in Iserlohn und leitete und mode-

rierte 1990 bis 1995 das Musikmagazin "SZENE MK" bei Radio MK.

Seit 1998 ist Benny Mokross auch als Dozent an der Glen-Buschmann-Jazzakademie für den Bereich Drumset verantwortlich und hat einen Lehrauftrag für Drumset an der Technischen Universität in Dortmund.

Als Toningenieur betreibt er seit 1995 das Camarillo-Sound-Studio, ein Mietstudio, in dem Audioproduktionen für CD-Veröffentlichungen, Rundfunk und Theater produziert werden.

Zusammen mit dem Transorient-Orchestra sowie der Glen-Buschmann-Jazzakademie erhielt Benny Mokross 2017 den WDR Jazzpreis.

www.benny-mokross.de

Danke

Ich möchte an dieser Stelle allen Menschen danken, die mich immer wieder ermuntert haben, diese Geschichten mal endlich aufzuschreiben und diese verrückten Anekdoten nicht nur mit anderen Musikern auszutauschen. Vielen Dank:

Patricia Kelly, Anne Göbel, Wim Wollner, Buck Wolters, Uli Bär, Dima Telmanov, Hans Wanning, Gilda Razani, Guido Schlösser, Michael "Pezi" Peters-Thöne, dem Transorient-Orchestra, und natürlich allen Veranstaltern, ohne die viele dieser Geschichten gar nicht stattgefunden hätten.

Ein besonderer Dank gilt Bruni Bernhart, die diesen ganzen Zirkus schon bald seit 25 Jahren mitmacht, mich immer unterstützt hat, korrekturgelesen hat, Ideen und Verbesserungsvorschläge eingebracht hat und mich regelmäßig ins Kreuz getreten hat, doch endlich weiter zu schreiben...

Danke auch den Musikern, mit denen ich viele Konzerte spielen durfte, die aber leider nicht mehr unter uns sind:

Django Kroll

Yulyus Effendi

Bernhard Spiess

Jochen Bosak

Zeitfracht Medien GmbH
Ferdinand-Jühlke-Straße 7
99095 Erfurt, Deutschland
produktsicherheit@kolibri360.de